VENDUE

AU PLUS OFFRANT

DE ROSALIE PEARL

Chapitre I

Il fait sombre, seul un rai de lumière sous la porte me permet de voir ce qui m'entoure. La pièce est petite, sale, une odeur d'urine me pique le nez. Mon corps vacille, le coup que j'ai reçu sur la tempe doit y être pour quelque chose. Je peux à peine bouger, mes poignets sont entravés par une corde qui, elle-même est reliée à d'autres femmes. Je regarde cette mexicaine qui me fait face, guère plus âgée que moi. Elle semble résignée au sort qui l'attend. Avachie, les bras pantelants, elle triture ses doigts dans un geste machinal. Quand un bruit provenant de l'extérieur nous parvient, certaines se mettent à bouger, tirant sur les cordes qui nous lacèrent la peau. Je tente de rester stoïque, de garder mon calme, mais le rythme cardiaque de mon cœur accélère, j'ai peur. J'ai du mal à respirer ! Je

suffoque ! La mexicaine face à moi, m'intime de me calmer à l'aide de ses mains. Me concentrant sur sa gestuelle, je ressens un soulagement. Le grincement de la porte me fait me retourner, je plisse les yeux, éblouie par la soudaine source de lumière qui nous frappe de plein fouet. Un homme à la carrure imposante s'avance vers nous, un plateau en mains. Je ne peux pas distinguer ses traits, aveuglée par les rayons du soleil.
Posant le plateau au sol, il crache des paroles en mexicain que je ne comprends pas, avant de refermer la porte en fer avec fracas. Une fois seules, les filles se bousculent en grognant pour essayer d'atteindre le plateau, mais bien vite, elles comprennent qu'ainsi entravées, elle ne peuvent pas. J'entends le rire effrayant du garde derrière la porte, qui s'amuse à nos dépens. Du bout des pieds, et après quelques tentatives infructueuses je réussis enfin à rapprocher ce fichu plateau : une assiette remplie d'haricots et un maigre pain pour pitance, pour les quinze personnes avec moi. Je suis affamée, ça doit bien faire deux jours que je suis ici enchaînée à ces murs. De la main, je prends une poignée d'haricots et un morceau de pain, les filles me lancent des regards noirs, je suis tentée de le garder pour moi, mais je ne peux pas, alors toujours

avec le même pied je fais glisser le plateau vers ma voisine. Le corps moite, je transpire sous la chaleur suffocante, il doit bien faire quarante degrés. Les heures passent, tous mes membres me font mal, engourdis par une mauvaise position. J'essaie de me déplacer, mais cela me vaut des insultes de mes compagnes d'infortune. Dire que j'étais encore il y a peu, dans un hôtel paradisiaque avec me parents, pour profiter du soleil mexicain, après une année d'études bien chargée à l'université. Mon esprit divague, me ramenant vers les jours précédents.

***

Allongée sur un transat, je profite du soleil pour parfaire mon bronzage. Cela fait déjà une semaine que je suis ici avec mes parents.

— Hola, Mia, dit le serveur en s'approchant de moi.

— Hola. Comment vas-tu aujourd'hui ?

— muy bien. Tu veux que je te serve quelque chose ?

— Un coca, s'il te plaît.

Je regarde Antonio s'éloigner d'un pas nonchalant. Rencontré au début des vacances, celui-ci m'avait appris qu'il travaillait ici l'été, pour pouvoir financer ses études. La clientèle américaine laissant de bons pourboires, cela lui permettait de pouvoir économiser bien plus que s'il travaillait dans le garage de son oncle. Il est gentil, un peu plus jeune que moi, et n'hésite pas à m'aider en cas de besoin, comme lorsque je suis tombée sur un serpent dans ma chambre d''hôtel. Catastrophée, je m'étais mise à crier et Antonio, qui passait par là, était tout de suite intervenu. Il avait bien ri, devant la taille du serpent, du moins devrais-je dire la petitesse, à peine plus long qu'un décimètre. De plus, il était inoffensif. Mais comment pouvais-je le savoir ? Pour moi, tous les serpents étaient susceptibles de me tuer d'une seule morsure. En tout cas, après cet épisode-là, je m'étais beaucoup rapprochée de lui. Dès qu'il avait du temps libre, on discutait, je lui parlais de mes études, mes amis, du désert de ma vie amoureuse. Chose qu'il ne comprenait pas, pour lui, j'étais un rayon de soleil, parmi les ténèbres comme il aimait si bien le dire. Ça devait certainement être dû à la blondeur de mes cheveux. Comparée à la noirceur des mexicaines, je parais exotique, alors que chez moi, dans le Montana, je suis des plus banale.

Antonio revient avec ma boisson et s'assied sur le transat en face de moi.

— Tu as des projets, aujourd'hui ? me demande-t-il dans un américain approximatif.
— Non, pas spécialement.
— J'aimerais te faire découvrir une boîte de nuit locale, ça te dirait de m'y accompagner, ce soir ?
— L'idée est tentante, mais mes parents ne me laisseront jamais sortir en dehors de la ville sans eux.
— Mais tu as vingt et un ans, tu es une femme, Mia ?
— Pas pour eux, ris-je.
— Ce serait dommage, c'est l'occasion de découvrir une vraie boîte de nuit, pas un bar qui passe de la musique pour touristes.

Antonio, le visage suppliant, insiste lourdement. C'est vrai qu'une sortie ne me ferait pas de mal, et l'idée de voir une autre facette du pays est plaisante.
— Ma chambre est à côté d'eux, si nous sortons quand ils s'endorment, je ne devrais pas avoir de problème.
— C'est génial, tu vas voir, tu vas t'amuser !
Antonio se lève et promet de venir frapper à ma porte vers minuit.

***

— Oh, l’américaine, tu m’entends ?

J’ouvre lentement mes lourdes paupières, pour découvrir avec amertume que mon doux rêve est terminé. Retour à la dure réalité.

— Tu me comprends ? ajoute-elle avec un fort accent.

— Oui, croassé-je.

Ma tête tourne, je dois être déshydratée. Les lèvres sèches je tente de les humecter avec le peu de salive qui me reste.

— Les hommes vont revenir pour nous emmener, dit-elle tout bas.

— Nous emmener où ?

— Je ne sais pas, mais j’ai entendu des choses affreuses dans la région.

— Ils vont nous tuer ?

— Je ne pense pas, on a bien plus de valeur marchande, vivantes.

— Quel chance, ironisé-je.

— Comment ils ont fait pour te prendre ? Tu es américaine, tu ne devrais pas être dans un hôtel de luxe comme tous les autres qui viennent dans notre pays ?

— Je l'étais, mais j'ai fait confiance à la mauvaise personne dis-je avec amertume.

— Je m'appelle Maria.

— Mia, enchantée de te rencontrer en ces lieux, ricané-je.

Les autres filles ne comprennent pas notre conversation, elle chuchotent entre elles, me lancent des regards interrogateurs, puis reprennent leurs discussions dans leur coin.

— Elles ont peur, elle pensent qu'elles vont mourir, me dit Maria.

— Comme toutes ici, dis-je lasse.

— Il faut garder espoir, c'est le seul moyen de s'en sortir.

— Tu penses que la police nous retrouvera ?

— La police ?! Tu plaisantes, ici tout est corrompu, aucun doute là-dessus.

Je ferme les yeux, dépitée. Quel avenir possible ? Avec un peu de chance, ils me tueront rapidement et je ne souffrirai pas longtemps. Le même garde rentre peu de temps après pour nous rapporter un autre plateau avec toujours la même nourriture. Dégoutée, je n'y touche pas, peut-être que mourir de faim vaut mieux que ce qui m'attend derrière cette porte. Il lance une bouteille d'eau qui roule à mes pieds, j'avale quand même une longue goulée et la jette à Maria. Elle me sourit et me remercie avant d'en boire aussi.

Je ne sais plus quel jour nous sommes, tout ce que je peux dire, c'est que j'ai l'impression que cela fait une éternité que je suis là. Il doit faire nuit, aucune lumière ne filtre sous la porte, je lutte pour ne pas m'endormir, mais je dodeline de la tête jusqu'à ce que mes rêves m'emportent.

***

Quelques coups frappés à la porte me font sursauter. Ça doit-être Antonio. Souriante, je pars lui ouvrir.

— Coucou, chuchoté-je pour ne pas que mes parents puissent m'entendre dans la chambre d'à côté.

Antonio, dans un pantalon noir et chemise blanche impeccable me regarde d'une lueur admirative.

— Coucou Mia, tu es très belle.

Je tourne sur moi-même en pouffant. J'ai choisi une robe pailletée grise et des talons hauts. Mes longs cheveux blonds cascadent dans le dos dans une légère ondulation.

— Toi aussi, tu es beau, réponds-je en allant attraper mon sac posé sur le lit avant de le rejoindre.

— Pas autant que toi.

Me tendant son bras, je m'y accroche et le suis jusqu'à sa voiture. La température a chuté dans la soirée mais reste malgré tout très agréable. Sa vieille voiture me fait plisser le nez, j'espère que l'on ne va pas tomber en panne avant que je sois rentrée.

Le trajet est un peu long, la route caillouteuse me fait craindre le pire.

— Tu es sûr que ta voiture ne va pas rendre l'âme ? dis-en riant.

— Ne t'inquiète pas, cette vieille caisse en a vu d'autres.

Quand enfin, au bout d'un long chemin, j'aperçois un établissement, je suis soulagée d'être arrivée.

— tu vas voir, l'ambiance est totalement différente.

Un peu nerveuse, je sors de la voiture et me rapproche de lui, avant de nous avancer vers les videurs.

Antonio s'approche du plus grand et lui parle à l'oreille. Celui-ci me regarde, m'évalue, puis hoche la tête avant de se dégager pour nous laisser passer.

La boîte de nuit est sombre, la musique assourdissante, je descends les escaliers en me tenant au mur pour ne pas tomber, avant de pénétrer dans un salon. Une musique latino passe, des couples dansent de manière suggestive en s'embrassant. Je reste figée devant le spectacle, ne m'attendant pas à ce genre d'atmosphère. Antonio me prend la main et me sourit, m'invitant à le suivre. Nous passons devant les danseurs avant de longer un couloir nous ramenant dans une seconde pièce avec une piste de danse au milieu. L'ambiance toujours latino, semble plus détendue. Antonio, une main dans mon dos, me conduit jusqu'au bar.

— Qu'est-ce que tu veux boire ?

— Margarita, crié-je un peu fort pour qu'il m'entende.

Antonio parle au serveur en mexicain puis me tend un verre que j'accepte avant de m'asseoir sur un tabouret.

— Décontractes-toi Mia, bois un verre et après nous irons danser.

Je hoche la tête et regarde les lieux qui m'entourent. Je ne suis pas à l'aise, je dois être la seule étrangère. Quelques regards convergent vers moi, des hommes principalement. Je tente de faire abstraction de leurs regards appuyés, mais quand un homme dans la quarantaine m'aborde, je n'en mène pas large.

— Hola, joli cœur, tu t'es perdue ?

— Non, je suis accompagnée, dis-je en désignant Antonio à mon côté.

— Tu ne veux pas t'amuser avec un vrai homme, dit-il avec un sourire carnassier qui me fait froid dans le dos.

Antonio s'approche de lui et parle dans sa langue natale, l'étranger hausse les sourcils puis me regarde avant de s'excuser et partir.

— Qu'est-ce que tu lui as dit pour qu'il parte aussi facilement ?

— La vérité.

Il ne dit rien de plus et se contente de prendre une gorgée de sa boisson. Antonio m'intrigue, il ne semble plus aussi détendu qu'auparavant à l'hôtel. Ça fait bien trente minutes que nous sommes arrivés et il ne me parle pas, se contentant d'observer les allers et venues comme s'il attendait quelqu'un. Peut-être que c'était une mauvaise idée d'accepter son invitation et que, après tout, j'aurais dû rester à l'hôtel. Me levant du tabouret, je m'approche de lui et demande :

— J'aimerais rentrer, Antonio.

— Quoi, déjà ? Mais on vient à peine d'arriver, répond-il un peu affolé en regardant vers l'entrée.

— Je m'ennuie.

— Viens, on va danser, me dit-il en prenant mon verre des mains pour le poser sur le comptoir, avant de m'entraîner brutalement sur la piste.

— Mais qu'est-ce qui t'arrives, Antonio ? m'énervé-je.

— Rien, c'est juste que je dois être fatigué.

Passant son bras autour de ma taille il prend ma main gauche pour la tenir contre son torse. Un peu tendu, je suis raide dans ses bras, il s'en rend compte et se penche à mon oreille pour me murmurer :

— Désolé pour tout à l'heure, j'étais énervé.

— Ce n'est rien.

Passant sa main dans mes cheveux, il me glisse une mèche derrière l'oreille.

— Tu sais que tu es vraiment très belle, en d'autres circonstances, on aurait pu s'amuser tous les deux.

Je le regarde, cherchant à deviner ce qui se cache derrière ses paroles, mais déjà son regard se fait lointain. Nous continuons à danser au rythme de la musique, quand un homme aux traits durs vient poser une main sur l'épaule d'Antonio.

— Je reviens, Mia, attends-moi au bar.

L'homme me jauge, semble satisfait par ce qu'il voit et me sourit avant de s'éloigner vers le couloir suivi par Antonio.

Assise, jambes croisées, je les observe discuter, Antonio fait de grands gestes, visiblement mécontent, le dur à cuire s'énerve et l'empoigne par le col de chemise, avant de le relâcher.

— Je te sers un verre ? me demande le barman.

— Oui, la même chose, réponds-je en sortant un billet de mon sac.

Je me retourne et ne regarde plus dans leur direction. Après tout, cela ne me regarde pas. Le barman me sourit et pose le verre devant moi. Je le sirote tranquillement quand enfin Antonio me rejoint.

— Vodka ! crie-t-il au barman d'un ton énervé.

— ça va ? lui demandé-je.

— Oui.

Sa mâchoire contractée et ses poings crispés sur le comptoir, contredisent ses dires. Je ne dis rien, pensant qu'il se calmera de lui-même. Buvant son verre d'un trait, il le pose avec fracas avant de me prendre la main et de m'emmener vers la sortie.

— Qu'est-ce que tu fais ?

— Suis-moi, me dit-il d'un ton autoritaire que je ne lui connais pas.

— Non !

Me stoppant net, je tire sur mon bras pour qu'il me lâche. Antonio s'arrête, puis me regarde avant de soupirer en passant sa main dans les cheveux.

— J'ai juste un problème à régler, je dois te ramener.

— Ok , tu ne pouvais pas simplement le dire !

— Excuse-moi.

Je le suis docilement, bien contente de pouvoir rentrer, finalement. Arrivés à l'extérieur, Antonio se dirige vers l'arrière de la boîte de nuit, ce qui m'intrigue. Je me souviens très bien que nous n'étions pas garés là auparavant.

— Antonio, tu te trompes, dis-je en accélérant pour arriver à sa hauteur.

— Tout va bien, Mia.

L'arrière est à peine éclairé, des poubelles nauséabondes contre le mur me font plisser le nez de dégoût. J'avance malgré tout quand je m'arrête soudain en apercevant une voiture noire avec l'homme aux traits durs de tout à l'heure.

— Mais qu'est-ce que...

Ma phrase reste en suspens quand je vois trois autres hommes se diriger vers nous.

— Tu nous a ramené un beau petit lot, Antonio, dit un des hommes en me souriant.

Je recule, affolée, mon talon bute sur une pierre et je manque de tomber. Antonio se place derrière moi, les mains posées sur mes épaules, m'empêchant toute échappatoire.

— C'est fini, me dit-il d'une petite voix. Désolé, Mia, mais il faut que tu comprennes que j'avais besoin d'argent.

Paniquée, je me débats, mais il me tient trop fermement. Une seringue en main, l'homme aux traits durs s'approche avec un sourire mauvais. Effrayée, je frappe du pied Antonio qui me lâche enfin dans un cri de douleur, je me retourne prête à courir mais l'homme me rattrape sans mal.

— Où penses-tu aller comme ça ?

Je crie de désespoir, espérant que quelqu'un puisse m'entendre et me sauver, mais je ne fais qu'énerver mon assaillant qui me frappe à la tempe. La douleur est fulgurante, je suis sonnée. Titubante, je manque de tomber, il en profite pour enfoncer le contenu de la seringue dans mes veines. Je pousse un dernier cri, mais bien vite mes paupières se ferment, m'emportant dans le néant.

***

Je suis réveillée en sursaut par les cris de l'homme à la forte carrure qui se tient devant nous avec un flingue accroché à sa ceinture. Je regarde les autres filles, toutes affolées comme moi. Je ne comprends pas ce qu'il dit, mais quand je les vois se lever avec peine, j'en fais autant. Les muscles endoloris, je peine à me tenir debout, je vacille légèrement sur les pieds. Ma robe est remontée dévoilant mes jambes, je l'abaisse pour me cacher du regard qu'il pose sur moi.

— Tu n'en aura bientôt plus de toute façon, me dit-il en américain.

Tirant sur la corde, nous sommes obligées de le suivre. Nous traversons un long couloir qui nous ramène vers ce qui semble être un hangar. Des débris jonchent le sol, m'entaillant les pieds. Je tombe à genoux, quand la douleur se fait trop grande.

— Tu le fais exprès, sale chienne d'américaine, me dit-il en approchant son visage de moi, me postillonnant dessus au passage.

— Mon pied, dis-je pour toute réponse.

Le visage dur, il me frappe la joue du plat de sa main. La douleur est fulgurante, ma tête vacille sous le coup de l'impact et je m'évanouis.

Quand je me réveille, nous sommes toutes agglutinées au fond d'un camion. Je tente de bouger, mais je ne réussis qu'à faire tomber un peu plus la fille à mon côté, sur moi.

— Comment va ta joue ? me demande Maria.

— ça ira.

— Tu dois faire attention, ils n'ont aucune pitié.

— ça fait combien de temps qu'on est sur la route ?

— Je ne sais pas, quelques heures je suppose.

— Qu'est-ce qu'ils vont faire de nous ? Toi qui les comprends, tu as peut-être entendu quelque chose ?

— Vendues…

— Comment ça, vendues ?

— J'ai entendu l'un des gardes parler d'une vente aux enchères dans quelques jours, que nous rapporterions pas mal de pognon, surtout toi, l'étrangère avec tes cheveux blonds, dit-elle d'un ton amer.

— Vendues aux enchères…

— On va devenir la pute de quelqu'un et après, il se débarrassera de nous quand il en aura marre !

Silencieuse, je n'ose plus parler, tant ses paroles m'ébranlent. Je ne peux pas finir comme ça, non jamais, il faut que je trouve un moyen de m'échapper.

Chapitre II

Deux jours que nous roulons, le seul repère que nous ayons, est le moment où nos kidnappeurs ouvrent les portes la nuit pour nous donner notre maigre pitance et nous permettre de faire nos besoins. Les quatre hommes nous surveillent de près, impossible de leur fausser compagnie. Je commence à désespérer. Repliée sur moi-même dans un coin du camion, avec pour seul sons les gémissements de mes compagnes et le roulement du moteur, les larmes commencent à glisser lentement sur mes joues. Pour avoir déjà lu des livres sur la traite des blanches, je sais bien que ce qui m'attend n'augure rien de bon. Mes parents me manquent, ils doivent être fous d'inquiétude, ils ont certainement appelé les autorités locales, ratissé la ville entière. Mais si comme dit Maria, le système est corrompu, alors je n'ai que de maigres chances que l'on me retrouve.

Le camion s'arrête brutalement dans un crissement de pneus, quelques secondes plus tard, l'un des gardes vient ouvrir la porte en nous ordonnant de sortir d'une voix véhémente, nous nous exécutons. La chaleur est insupportable, avoisinant les quarante degrés, nous marchons en file indienne vers une maison abandonnée, toujours reliées les unes aux autres par une corde, le bitume me brûle la voute plantaire. Le site est désert, seulement entouré de quelques cactus, un croassement de corbeau me fait lever les yeux. Il nous nargue, semble rire de notre sort, ou alors, il attend que l'une de nous meure, pour festoyer.

La maison est divisée en trois pièces : une petite cuisine, une salle de bains, et un semblant de chambre, seuls des matelas sales jonchent le sol.

— Apúrate ! nous dit l'un des gardes en nous poussant dans notre nouveau taudis.

Assise sur le matelas, je pose la tête sur mes genoux repliés. Moins d'une heure plus tard, le son d'une voiture me parvient. J'entends les bruits d'une conversation, puis notre porte s'ouvre sur un homme en blouse blanche. À première vue, je dirai un médecin. Il nous regarde, puis s'adresse au garde à son côté. Celui-ci s'avance et détache deux des filles avant de les menacer avec son flingue pour qu'elles le suivent.

— Qu'est-ce qu'ils vont leurs faire ? demandé-je à Maria.

— Le docteur a parlé d'ausculter, il me semble, je n'ai pas bien entendu.

Une trentaine de minutes plus tard, je me bouche les oreilles des mains, tellement les cris des filles à travers la fine paroi de la porte me révoltent. Après un temps infini, les cris cessent puis le calme revient.

— Qu'est-ce qu'ils leurs ont fait ?

— Violées certainement…

Je me doutais de la réponse, mais je ne pouvais pas l'admettre. Dans peu de temps, ils reviendront et ce sera certainement mon tour.

La porte s'ouvre à nouveau, les traits défaits, les filles sont jetées à même le sol. Elles sont lavées, mais portent toujours les mêmes vêtements. Maria leur parle, puis m'annonce :

— Elles se sont lavées pour être plus présentable pour la vente, mais après, les deux gardes ont voulu s'amuser. Les pauvres, elles ont été violées, ces chiens les ont sodomisées….

Quelle horreur, je risque le même sort que mes comparses !

La porte se rouvre quelques instants plus tard, toujours sur le même garde qui me sourit en s'approchant de moi.

— Lève-toi, me dit-il en américain.

Je ne bouge pas, tétanisée par ce qui m'attend. Il s'énerve puis s'abaisse pour défaire mes liens. Me tirant les poignets, il m'entraîne avec lui. Je résiste, tire mes bras pour lui échapper et traîne des pieds, mais il est bien trop fort. Il m'emmène dans la salle de bains où le docteur m'attend. Il me sourit d'un air compatissant et m'enjoint à m'allonger sur une table.

— Comment t'appelles-tu ? me demande-t-il.

— Mia, dis-je les larmes aux yeux. S'il vous plaît monsieur, aidez-moi, je suis américaine, mes parents vous récompenseront, je vous jure.

— Chut, me dit-il en me caressant la joue comme si j'étais encore une enfant. Je ne peux rien pour toi.

— Vous ne pouvez pas cautionner ce qu'ils font, dis-je d'une voix tremblante.

— Non, mais je n'ai pas le choix, ma famille est menacée.

— S'il vous plaît…

Son regard s'assombrit puis il me dit :

— Tu me laisses t'ausculter, sagement, et je n'appellerai pas les gardes, on est d'accord ?

Je hoche la tête pour toute réponse, j'avais bien trop peur qu'ils interviennent et me violent.

— Ouvre la bouche !

Il regarde ma dentition, me prélève du sang à l'aide d'une seringue, puis me soulève la robe en me retirant ma culotte.

— Écarte les jambes, dit-il d'un ton ferme.

Je ne peux pas le faire, je résiste. Il souffle puis me dit :

— Tu préfères qu'ils s'occupent de toi ? C'est ça que tu veux ?

— Non, réponds-je en écartant mollement les jambes.

Malgré mon malheur, il est doux dans ses gestes, précautionneux. Après quelques minutes, il s'écarte et range ses instruments.

— Tu es vierge.

— Oui.

— Tu as de la chance, les gardes ne s'en prendront pas à toi, tu as bien trop de valeur.

Je ris nerveusement à ses paroles. Le docteur se retourne vers moi avec un air d'incompréhension.

— Pourquoi ris-tu ?

— C'est marrant, non ? Vous me dites que j'ai de la chance, alors que je viens d'être kidnappée et bientôt vendue à un sadique fou qui me tuera après s'être servi de moi.

Un voile de tristesse apparaît dans ses yeux, mais très vite remplacé par un masque d'indifférence.

— Tu peux te lever, déshabille-toi et va dans la baignoire.

Je lui obéis, lasse de ma condition. Le jet d'eau est froid, ma peau frissonne.

— Bon, faut-il vraiment que je te dise de te laver avec le savon, dit-il d'un ton impatient.

Je prends le pain de savon et frictionne mon corps, le docteur me tourne le dos, j'en profite pour regarder ce qui m'entoure. Son sac à moins d'un mètre de moi laisse apparaître son matériel, je continue de me laver, espérant qu'il s'éloigne quelques instants.

— Dépêche-toi, je n'ai pas la journée, souffle-t-il.

— Je dois me laver les cheveux, réponds-je en faisant de lents mouvements pour prendre mon temps.

Le garde ouvre la porte et en profite pour me reluquer, je me tourne, mais déjà il s'adresse au docteur qui le suit à l'extérieur. J'en profite aussitôt pour me glisser hors de la baignoire et fouiller son sac. Des bandages, du désinfectant, des antibiotiques, rien qui me permettrait de me sauver. La porte grince, rapidement, je retourne dans la baignoire, déçue de ne pas avoir trouvé au moins une lame ou autre chose. Le docteur me regarde d'un air suspect, puis finalement croise les bras sur la poitrine avant de me dire :

— Je pense que c'est bon maintenant.

Rincée, je sors de la baignoire et il me tend une serviette.

— Rhabille-toi et sors maintenant, je suis pressé, je voudrais bien rentrer chez-moi.

Séchée, je renfile ma robe sale et sors de la pièce. Le garde me jauge, s'approche de moi et glisse ses doigts rêches le long de mes bras.

— Moi qui pensais profiter de ton joli corps, gringa.

Répugnée, je reste figée, attendant qu'il retire ses vilaines mains de mon corps. Voyant que cela ne me plaît pas, il prend mon menton entre ses doigts et approche son visage à quelques centimètres du mien.

— Tu fais la fière, mais quand ton acheteur profitera de ton corps par tous les trous, tu feras moins la maligne.

Il me lâche puis me tire brutalement vers la chambre. Je tombe sur le matelas, une autre fille est emmenée aussitôt.

— Ça va ? demande Maria.

— Oui, je n'ai pas été violée, c'est une maigre consolation.

— C'est toujours ça.

Nou restons là encore une nuit, entassées dans cette chambre. Le lendemain, j'entends les gardes s'agiter, puis le son du camion me parvient.

— Go, dit l'un d'eux en agitant son bras pour que l'on se lève.

Nous les suivons à l'extérieur, le soleil, haut dans le ciel, m'indique qu'on doit être proche de midi.

Quand nous arrivons à destination, je suis étonnée de découvrir une grande demeure clôturée par de hauts murs d'enceinte dans un ton ocre. Des chiens de garde aboient sur notre passage, heureusement attachés par des cordes. Un homme grisonnant, dans la cinquantaine, sort par l'entrée principale et s'avance vers nous, un grand sourire accroché aux lèvres. Il parle dans sa langue natale aux filles puis s'approche de moi et me regarde plus attentivement.

— C'est toi l'américaine ?

— Oui.

Il me sourit, puis tourne autour de moi, m'évaluant.

— Le doc a dit que tu étais vierge. Comment as-tu fait pour le rester autant de temps ?

Relevant le menton, je ne réponds pas, ne voulant aucunement le satisfaire.

Il se met à rire de mon comportement, puis s'avance vers moi et me chuchote à l'oreille :

— Ils vont se battre pour t'obtenir, tu vas me rapporter gros…

— Vous êtes dingue, à notre époque, ça ne devrait plus exister ce genre de pratique.

Riant à gorge déployée, il s'amuse.

— Ma pauvre, tu es bien naïve ! De tous temps, les hommes prennent ce qu'ils veulent, vous, pauvres filles, vous êtes là pour assouvir nos désirs, rien de plus !

Sur ces paroles, il se recule, lâche des ordres aux gardes restés proches, puis s'en va sans un regard.

Arrivés dans un salon agrémenté de jolis canapés de velours rouge, ils nous font patienter jusqu'à ce que deux jeunes femmes mexicaines arrivent avec des vêtements en mains.

— Déshabillez-vous dit l'un des gardes, on n'a pas toute la journée.

Les deux mexicaines sursautent et s'empressent de nous présenter des robes. Toutes, sont extravagantes, pailletées, avec décolletés plongeants, tout, pour mettre en valeur notre corps pour être mieux vendues par la suite.

Une des mexicaines s'approche de moi et me supplie du regard pour que je m'exécute. La pauvre, elle aussi est victime, on peut voir la peur dans son regard lorsque les gardes parlent.

Retirant ma robe, je prends la tenue qu'elle me tend. Une robe rouge, scintillante, à moitié transparente.

Je commence à l'enfiler quand la mexicaine me fait non de ses mains. Je m'arrête, ne comprenant pas ce qu'elle me dit. Elle me montre mes sous-vêtements et dit non de la tête, me faisant comprendre que je ne dois pas les garder. Je regarde les filles autour de moi et découvre qu'elles aussi se mettent nues pour enfiler les robes. Ne pouvant faire autrement, je m'exécute. La robe me colle à la peau, révélant toute mon intimité. Je croise les bras sur la poitrine et m'assieds sur le fauteuil, pour m'absoudre aux regards des gardes qui ne tardent pas à nous reluquer. Une fois toutes habillées, les deux mexicaines s'en vont au pas de course, comme si le diable les poursuivait.

Quelques minutes plus tard, l'homme grisonnant, que je devine être le maître des lieux, entre dans le salon et nous regarde en applaudissant.

— Bravo ! Vous êtes magnifiques !

J'évite de le regarder, ne voulant pas attirer son attention. Il parle en mexicain puis s'approche de l'une des filles. Lui tenant fermement le menton, il s'abaisse et pose ses lèvres brutalement sur les siennes. La pauvre essaye de reculer, gémit sous son assaut mais elle ne fait que l'enivrer. L'attrapant par les cheveux, il rejette sa tête en arrière et lui mord la lèvre jusqu'à ce qu'un filet de sang s'en échappe.

Elle ne se débat plus, des larmes coulent le long de ses joues, lui se met à rire et lui empoigne les fesses durement. Je regarde Maria, à son côté, tétanisée, elle aussi à peur, comme nous toutes ici. Quand il a fini de s'amuser, il quitte la pièce, nous laissant seules avec les gardes. Maria passe un bras autour de son amie, et lui essuie le coin de la bouche en maugréant.

Nous sommes là depuis quelques heures déjà quand il revient nous annoncer que ses invités sont arrivés et qu'ils n'attendent plus que nous. Je me lève de mauvaise grâce et suis mes compagnes d'infortune vers une cour. Il fait nuit, seules des torches éclairent les lieux sur des hommes habillés en smokings, Ils nous regardent, certains s'exclament, d'autres nous ignorent, un homme en particulier attire mon regard, la trentaine, il discute avec un autre en ne nous prêtant aucune attention. Il est beau, la stature imposante, les cheveux sombres retombant sur le front. Il a une façon de se tenir qui démontre une certaine aisance ainsi qu'une confiance en soi à toute épreuve. Il doit sentir le poids de mon regard, parce qu'il se tourne vers moi et m'observe. D'abord étonné, il se reprend et m'évalue d'un air appréciateur. Je baisse les yeux, soudain gênée et suis le groupe jusqu'à une estrade.

Le maître des lieux arrive sur la scène improvisée et intime l'ordre aux invités de se mettre en place pour que la vente puisse commencer.

Chapitre III

Toutes en ligne, les mains attachées, nous nous soumettons aux regards des hommes qui nous font face. Je reste bien droite, les yeux fixés sur un point imaginaire, je ne veux pas qu'ils voient la détresse que je ressens en ce moment. Le maître parle, passe devant nous et soupèse la poitrine d'une fille en riant, comme s'il vendait des brioches au marché. J'ai de plus en plus la nausée tellement cette situation m'insupporte. Le moment tant attendu commence, une fille s'avance, on la force à tourner sur elle-même et déjà des cris s'élèvent dans l'assemblée. Ils crient, s'énervent quand l'un d'eux enchérit au-dessus. La vente s'achève, c'est un homme chauve, le ventre bedonnant qui s'approche pour récupérer son lot, si j'ose dire. La pauvre tente de s'échapper, mais son nouveau propriétaire tire sur ses liens et l'emmène d'un rire sadique vers la sortie. Vient le tour des filles proches de moi, toutes vendues les unes après les autres. Le maître s'approche de moi, me sourit et annonce en américain pour que je le comprenne :

— Et voilà, le moment tant attendu, est arrivé, messieurs ! Regardez-moi ce spécimen de toute beauté, fraîche, elle ravira les plus fins gourmets ! Oui, messieurs, elle est vierge, son corps vous appartiendra, vous pourrez en faire ce que vous vous voudrez ! La mise de départ s'élève à trois cent mille dollars.

Je n'en reviens pas, je suis vendue comme un morceau de viande, les hommes misent, s'insultent, puis annoncent chacun des sommes de plus en plus élevées. Je regarde la foule qui me fait face, de plus en plus paniquée. Qui va remporter la mise ? Mon regard se pose sur l'homme que j'avais remarqué, il m'observe, lève son verre jusqu'à ses lèvres tout en ne me quittant pas des yeux. Je le fixe, ne voulant plus voir cette bande de chacals assoiffés. L'inconnu me scrute, semble vouloir lire en moi, mais je reste stoïque, me contentant de le fixer. Le cri d'un homme à la voix grave m'interpelle, je détourne le regard pour voir de qui il s'agit. Le visage dur, les cheveux noirs et la peau hâlée, il me donne la chair de poule tant son regard sur moi est pervers.

Le maître des lieux s'approche de mon oreille et me dit :

— César te veut, il donnera cher pour t'avoir, mais si je peux te donner un conseil, ne te rebelle pas. La dernière, il a fini par la massacrer dans un élan de colère.

La peur au ventre, mes jambes se mettent à trembler.

— Cinq cent mille, dit César.

— Cinq cent cinquante, dit un autre.

César le regarde, le visage haineux.

Moi, je ne bouge pas, seul mon cœur accélère face à ma peur grandissante.

— Six cents, riposte César.

— Un million !

Tout le monde se tait, même César semble surpris. Je regarde la personne qui a parlé et découvre que c'est l'inconnu de tout à l'heure. Il m'observe toujours, une main dans sa poche et un verre de champagne dans l'autre.

— Alejandro ! Crie César, je la veux ! Laisse là moi !

— Tu es prêt à payer ? lui demande-t-il avec suffisance.

César grogne, mécontent de sa défaite. Je ne sais pas si je dois être contente de mon sort. L'inconnu semble plus gentleman, mais il paraît que le diable est souvent le mieux déguisé.

Le maître annonce la fin de la vente et l'inconnu du nom d'Alejandro s'approche de l'estrade avec les yeux toujours plantés sur moi.

— Tu me suis docilement et il ne t'arrivera rien, dit-il en américain avec un léger accent chantant.

Je ne sais pas pourquoi, mais je m'exécute.

La foule se disperse, certains rentrent bredouilles, d'autres exhibent fièrement leur nouvelle acquisition au bout d'une laisse. Moi, je le suis vers une voiture, à l'extérieur de la demeure. Des hommes de main l'attendent, tous plus armés les uns que les autres.

L'un d'eux me regarde, ahuri, comme si cela l'étonnait qu'il ait acheté quelqu'un à une vente aux enchères. Alejandro s'arrête, leur parle en mexicain, et de suite ses hommes s'exécutent.

— Monte dans la voiture, s'il te plaît, me dit-il d'une voix grave.

Je ne bouge pas, les pieds bien ancrés au sol. Il semble deviner la peur qui m'envahit, car il s'approche plus près, glisse sa main sur ma joue ce qui me fait frissonner, et me dit d'une voix douce mais ferme :

— Je ne te ferai pas de mal si tu m'obéis, sois en certaine.

Tout me donne envie de le croire, d'espérer que des jours meilleurs s'offrent à moi.

Il m'invite à pénétrer dans la voiture. Je le regarde sans bouger puis finis par lui obéir. Alejandro s'installe à son tour, mais en laissant de la place entre nous, comme s'il voulait me laisser un semblant d'intimité. Tapant sur la vitre qui sépare notre habitacle de celle du chauffeur, la voiture démarre.

Je suis nerveuse, triturant des doigts le fin tissu de ma robe. Cela fait déjà une heure que nous sommes en route et Alejandro ne m'a pas adressé la parole. Ce qui devrait m'arranger, mais étrangement cela m'effraie. Je l'observe du coin de l'œil, le corps droit, il regarde par la fenêtre, ne me prêtant pas attention. Sa main tatouée d'un serpent repose sur sa jambe, la tapotant du bout de l'index. Un geste d'impatience certainement. Son profil laisse percevoir une mâchoire carrée, bien dessinée, un nez fin et de longs cils noirs.

— Je sais que tu me regardes, dit-il d'une voix posée.

Je détourne le regard aussitôt, gênée qu'il m'ait surprise. Je l'entends souffler, mais ne rajoute rien, se contentant de regarder par la fenêtre. Il nous faut encore une bonne heure pour arriver à destination. Ses hommes s'arrêtent, descendent des voitures et viennent nous ouvrir les portes.

— Ramirez, ramène-là dans la chambre d'amis et demande à mama de lui ramener des vêtements, dit-il au garde qui m'ouvre la porte avant de s'en aller.

Je le regarde s'éloigner, intriguée qu'il prenne la peine de donner ses ordres en américain de manière à ce que je le comprenne. Le certain Ramirez, la mâchoire crispée, ne semble pas ravi de devoir s'occuper de moi.

— Suis-moi, gringa, dit-il d'un ton autoritaire.

— Alejandro est le chef ?

— Ça se voit, non ?!

La façon dont il me regarde comme si j'étais une idiote me fait sourire. Ce n'est pas comme si je n'avais pas compris qu'il était le chef, mais je voulais juste le faire parler, pour éventuellement glaner des informations qui pourraient m'être utiles par la suite.

— Tu lui as jeté un sort, c'est sûr ! Monsieur Hernandez ne ramène jamais de femme d'habitude ! Il se contente d'assister aux enchères, crache-t-il.

Un peu étonnée par ses révélations, je ne remarque pas de suite que nous pénétrons dans une grande propriété. Le hall est spacieux, de riches tableaux ornent les murs, un lustre doré complète la décoration. Plusieurs portes desservent d'autres pièces, que je ne peux voir d'où je suis.

— Mama, crie Ramirez.

Une dame dans la soixantaine arrive d'un pas ferme vers nous, habillée d'une robe noire et d'un tablier blanc, elle ressemble à une cuisinière.

Elle semble énervée qu'on la dérange, elle regarde Ramirez et l'apostrophe avant de se figer en me regardant.

Ramirez lui parle en mexicain et celle-ci, me regarde de plus en plus intriguée. Ils s'entretiennent comme si je n'étais pas là, puis elle repart sans me prêter plus d'attention.

— Je vais te conduire dans la chambre !

Le suivant dans les longs couloirs, il ouvre une porte sur une chambre dont les fenêtres sont fermées par de lourdes barres en fer forgé. Si je voulais m'échapper par-là, c'est loupé ! me dis-je en pensée. Il me pousse vers l'intérieur et coupe la corde qui m'entrave encore les mains. Je masse mes poignets douloureux quand celui-ci referme la porte sur moi, en n'oubliant pas, bien sûr, d'actionner le verrou.

Aussitôt, je fais le tour de la pièce, ouvrant table de chevet, dressing et bureau, mais ce que je découvre m'étonne, il n'y a absolument rien, tout est vide. Dépitée, je m'allonge sur le lit en repliant les jambes sur moi-même. Quelques minutes plus tard, j'entends la porte se déverrouiller, la dame de tout à l'heure, des vêtements en main s'avance vers moi. Ramirez, en retrait, observe la scène les lèvres pincées.

— Des vêtements, dit-elle en américain avec un fort accent, avant de les poser sur le lit.

Je ne bouge pas, le regard dans le vide. Je veux juste qu'il quitte cette pièce et me laisse seule.

— Tu comptes rester habillée comme une pute pendant longtemps, s'énerve-t-elle en mettant ses poings sur les hanches.

Je me relève doucement et la regarde droit dans les yeux, avant de lui répondre sèchement :

— Une pute ?! Vous pensez que j'ai voulu tout cela ?

Hystérique, j'agrippe ma robe et la déchire en hurlant de rage, des larmes de frustration coulent sur mes joues, mais je n'en ai cure.

— Mon Dieu, elle est folle, dit-elle à Ramirez avec un visage affolé.

— Oui, je deviens folle, j'ai été kidnappée, vendue et maintenant une veille peau m'insulte de pute !

Je me redresse sur le lit et m'avance vers elle.

— Ramirez ! crie-t-elle.

Ramirez, qui jusqu'à maintenant n'avait pas ouvert la bouche, se contentant de m'observer, entre dans la pièce et se met devant cette vieille bique en guise de bouclier.

— Assieds-toi, m'ordonne-t-il.

— Je n'ai pas d'ordre à recevoir, réponds-je en pointant mon index sur lui.

Haussant les sourcils, il croise ses bras sur sa poitrine, révélant une forte musculature sous son tee-shirt.

— Mama, sors d'ici, dit-il d'une voix calme.

Elle ne se fait pas prier et quitte la pièce au pas de charge. Lui ne bouge pas, un sourire au coin des lèvres, il s'amuse de ma réaction.

— Quoi, tu comptes me violer, c'est ça ? Mais je te préviens, si tu ne me tue pas, c'est moi qui te tuerai, dans une mort lente, pleine de souffrance.

Il se met à rire avant de s'éloigner vers la porte.

— Je sens que le patron aura du fil à retordre avec toi. On va bien s'amuser.

Refermant la porte à double tour, je me mets à hurler de toutes mes forces avant de jeter les coussins dans la pièce.

Le temps passe sans que personne ne rentre dans la chambre. Les yeux dans le vague, je me laisse bercer par le son des oiseaux qui me parvient des fenêtres. Je ne sais pas combien d'heures se sont écoulées quand la porte s'ouvre à nouveau. Je sursaute et me relève pour me rendre compte que c'est Alejandro, il s'avance vers moi, le regard impassible. Les cheveux humides, il porte une chemise blanche décontractée sur un jean brut.

Je l'observe sans rien dire, attendant qu'il me reproche la scène de tout à l'heure.

— Mama est comme une mère pour moi, tu ne peux pas lui parler de cette façon, me dit-il d'une voix posée mais autoritaire.

— Elle m'a traitée de pute, réponds-je pour me défendre.

Il souffle avant de continuer :

— Non, elle a dit que tu portais des vêtements de putes, c'est différent.

Il n'avait pas tort, c'est vrai, mais bon, je n'allais certainement pas m'excuser. Après tout, c'était moi la victime.

Caressant du bout des doigts le fin tissu des vêtements, toujours posés sur le lit, il me sourit avant d'ajouter :

— Dois-je t'habiller moi-même ?

Reculant le plus loin possible de lui, j'ai peur qu'il me touche.

— Non !

— Alors, tu vas les prendre et aller te doucher.

Je hoche la tête pour toute réponse.

— Suis-moi !

— Où ?

— Dans la salle de bains. Comment veux-tu te laver autrement ?

Il reste calme, mais une petite veine apparaît sur sa tempe, me faisant comprendre qu'il se contient.

Je le suis, nous longeons un couloir qui mène à une autre chambre beaucoup plus masculine cette fois-ci. Un lit King-size en bois massif s'impose au milieu de la pièce, de lourdes tentures rouges carmin et des lustres à pampilles lui confèrent une atmosphère intime.

— C'est ma chambre.

Je n'avais pas remarqué qu'il m'observait tellement j'étais subjuguée par la beauté des lieux.

— Ma salle de bains se trouve ici, me dit-il en me désignant la porte attenante.

M'avançant vers la pièce, Alejandro reste en retrait, me laissant tout le loisir de découvrir les lieux par moi-même. Magnifique, c'est le seul mot qui me vient en tête quand j'entre. Le sol et murs en marbre blanc, le miroir ancien recouvert de feuilles d'or et la douche qui pourrait accueillir trois personnes me laissent pantelante.

— Tu aimes ?

Je me retourne vers lui vivement et lui réponds en haussant les épaules :

— J'ai déjà vu mieux.

Il rit devant mon mensonge éhonté puis se tient nonchalamment contre le chambranle de la porte.

— Je t’en prie, tu peux en disposer.

— Et bien, merci… si vous pouviez me laisser maintenant.

Il ne bouge pas, se contentant de me regarder avec un sourire moqueur au coin des lèvres.

— Je n’ai pas l’intention de sortir.

Ses yeux sombres m’observent, attendent le moindre signe de défiance de ma part.

— Et qu’est-ce que vous comptez faire ?

— Te regarder. Je te l’ai dit, si tu m’obéis, je ne te ferai aucun mal. Pour l’instant, je veux juste te contempler.

Sa réponse me fait peur, qu’est-ce qu’il me fera par la suite, quand il ne se satisfera plus de seulement me regarder et que je n’obéirai pas. Parce qu’il est évident que jamais je ne le laisserai me toucher.

Toujours installé dans la même position, il attend patiemment que je prenne une décision.

— Si je désobéis, qu’est-ce qui m’attend ?

— Tu n'as pas envie de le savoir, *bonita muñeca.*

Son regard se durcit, ne sourit plus, il me fait peur. Sous cette belle enveloppe, il pourrait facilement me séduire. Pourtant sa gestuelle, son regard, son calme évident, tout en lui, alerte mes sens. Je sens le danger émaner de chaque parcelle de son corps.

Chapitre IV

Les mains tremblantes, je décide de lui obéir, sa menace sous-jacente me fait peur. Je fais glisser la robe le long de mes jambes. Le regard rivé sur moi, il contemple chaque courbe de mon corps que mes mains ne peuvent cacher. Gênée, je me tourne pour ne plus affronter son regard et vais ouvrir le robinet de la douche. Je sais qu'il me fixe toujours, tout mon corps sent sa présence. Je m'avance lentement et laisse l'eau chaude couler sur moi, je ferme les yeux et prends une grande inspiration, pour faire abstraction de sa présence. Prenant le pain de savon devant moi, je commence à me savonner le corps, passant mes mains sur mes hanches puis sur ma poitrine. Je jette un œil de côté, il est toujours là, adossé à la porte, ses yeux intenses posés sur mes fesses. Alejandro me fascine, il pourrait me violer, me frapper, pourtant il n'en fait rien, il respecte ses paroles. Soulagée, je verse du shampooing sur mes cheveux et commence à les laver. L'eau me détend, après toutes les épreuves par lesquelles je viens de passer, je sais que ce qui m'attend ne sera pas facile. Alejandro ne se contentera pas longtemps de cette situation, s'il a payé une somme astronomique pour m'acquérir, ce n'est certainement pas pour ne pas jouir de ma personne. Je passe un temps infini sous le jet, je suis propre depuis longtemps, mais je n'ai pas envie de sortir. J'ai peur de la suite. Surprise, je sursaute quand je vois sa main toute proche de moi, tourner le robinet.

— Je pense que tu as assez profité, dit-il d'une voix grave.

Le corps figé, je n'ose pas me retourner, son corps est bien trop proche du mien, je peux ressentir la chaleur qui émane de lui.

— Lève les bras et pose-les sur le carrelage, m'ordonne-t-il calmement.

La peur au ventre et la respiration en suspens, je m'exécute. Sa main glisse dans mes cheveux pour dégager mon dos avant de m'enrouler dans une serviette moelleuse.

— C'est bien, continue comme ça, me chuchote-t-il à l'oreille d'une voix profonde. J'aime que tu m'obéisses.

Sa voix me déstabilise, étrangement, j'ai de moins en moins peur, son souffle chaud me caresse le cou, me faisant frissonner.

— Tu as un corps parfait, magnifique. Je l'ai su aussitôt que je t'ai vue, continue-t-il en passant ses doigts sur mon épaule.

Je ferme les yeux, savourant chaque mot qu'il prononce, je ne devrais pas, mais ses paroles m'excitent, me font vibrer.

— Tu as le port d'une reine, un joyau à l'état brut. Tu m'obéiras et je te révélerai qui tu es.

— Je voudrais que vous me laissiez, dis-je d'une faible voix.

— Tu es sûre de toi ? Pourtant je jurerais le contraire.

Les yeux toujours fermés, sa main glisse le long de ma jambe nue dans une longue caresse puis, remonte toujours dans la même lenteur jusque mon entrejambe.

— Ta chatte parle pour toi…

— Vous avez dit que vous ne me toucheriez pas !

— C'est vrai, dit-il en retirant sa main. Je commence à le regretter, ton corps n'attend que moi, il m'appelle.

Déjà, Alejandro recule, puis sort de la pièce, me laissant seule. Troublée, la respiration saccadée, je serre la serviette contre moi, cet homme est si intense, je ne suis même pas sûre que je ne lui aurais pas cédé, s'il l'avait vraiment voulu.

Je me sèche et m'habille du vêtement posé sur le meuble, une simple robe bleue à fines bretelles. Les cheveux brossés, je regarde mon reflet dans le miroir, je découvre un hématome légèrement bleuté sur ma pommette ainsi que quelques écorchures sur le front. D'une grande inspiration, je prends mon courage à deux mains et ouvre enfin la porte, prête à l'affronter. Alejandro, assit dans un fauteuil capitonné, se redresse à mon arrivée.

— Parfait, on va pouvoir aller dîner.

S'avançant vers moi, il me prend le bras et nous nous dirigeons vers le couloir.

— Je te préviens, mes hommes seront là, ainsi que mama, je veux que tu te tiennes correctement, aucun esclandre ne sera toléré.

Le dos raide, je hoche la tête, ne voulant pas attirer son animosité.

— Si jamais tu parles à mama comme tout à l'heure, je me ferai un plaisir de te le faire regretter.

Ses paroles me terrifient, je sais que sous son calme olympien, une flamme brûle en lui, prête à tout consumer sur son passage.

Arrivés dans la salle à manger, je découvre quatre hommes installés à une gigantesque table, de multiples plats y foisonnent, pourtant je n'ai pas très faim. La dame qui se nomme mama, s'arrête de servir lorsqu'elle remarque notre arrivée et pince ses lèvres de mécontentement lorsqu'elle voit mon bras accroché à celui d'Alejandro. Je souris pour l'énerver et déjà Alejandro s'approche de mon oreille pour me chuchoter :

— Je t'ai prévenue, attention à toi.

Nous avançant vers eux, il recule une chaise pour que je prenne place. Un peu mal à l'aise, je m'assieds et regarde l'assiette qui vient de m'être servie. Ses hommes ne me prêtent aucune attention, ils discutent dans un brouhaha incessant de leur journée, des tâches qu'ils ont accomplies. Quand la fourchette d'Alejandro claque sur la table, tout le monde se tait.

— Ramirez, tu as déjà rencontré notre nouvelle invitée, dit Alejandro.

— Oui, bougonne-t-il en me regardant du coin de l'œil, les sourcils froncés.

Il n'est clairement pas heureux de ma présence. Se tournant vers moi, Alejandro me demande :

— Peux-tu te présenter à mes hommes s'il te plaît ?

Pourquoi dire s'il te plaît quand clairement cela sonne comme un ordre, me dis-je en pensée.

Je regarde l'assemblée, certains m'observent franchement avec curiosité et d'autres avec méfiance.

Posant ma fourchette, je redresse le dos et les fixe avant de répondre :

— Je m'appelle Mia, je viens du Tennessee. Avant d'être achetée par votre chef, je vivais des jours heureux avec ma famille et étudiais dans une grande école pour devenir infirmière, finis-je d'un ton amer.

Un des hommes, les cheveux longs attachés par un lacet, hausse les sourcils avant de regarder son chef.

— Chef, c'est vrai ce qu'elle dit ? Vous l'avez achetée ?

Alejandro, imperturbable, un léger sourire en coin se tourne vers son interlocuteur.

— C'est exact, Raphaël.

Raphaël le regarde comme s'il était devenu fou, mais n'ajoute rien, avant de plonger son nez dans son assiette. Ramirez quant à lui, me jette un regard mauvais, tandis que mama, visiblement agacée, ne pipe mot. Mangeant sans appétit, je picore plus qu'autre chose.

— Bien, maintenant que l'on a fini de manger, c'est maintenant moi, qui ferai une annonce, dit Alejandro en se levant pour que tout le monde soit à l'écoute. J'ai certes acheté Mia, je sais que cela déplait à certains, mais sachez que cela n'interférera pas dans nos affaires.

— Je ne comprends pas patron, vous pouvez avoir toutes les filles que vous voulez, pourquoi acheter cette pute ? s'énerve soudain Ramirez.

Alejandro se lève et se dirige vers lui, une main en poche. Arrivé à sa hauteur, il les pose sur ses épaules et nous regarde tour à tour. Ramirez n'en mène pas large, baissant la tête, il doit regretter d'être intervenu.

— Mia n'est pas une pute, est-ce clair pour tout le monde ? Elle n'appartient qu'à moi, me suis-je bien fait comprendre ?

Tous répondent par l'affirmative, Alejandro lâche Ramirez et vient vers moi, avec toujours cette démarche presque féline.

— Tu as fini, Mia ?

— Oui.

Alejandro me tend sa main, que j'accepte avant de me lever et de le suivre. Arrivées à hauteur de ma nouvelle chambre, il s'arrête et me fixe.

— Je te laisse cette nuit, pour que tu te familiarises avec ta nouvelle vie.

— Merci.

Alejandro me fait son magnifique sourire, celui qui ferait fondre n'importe quel cœur, puis m'ouvre la porte.

— Bonne nuit, Mia.

— Bonne nuit, réponds-je quand la porte se referme sur moi et que le verrou s'enclenche.

Adossée contre la porte, je porte la main sur mon cœur, pourquoi bat-il aussi fort dès que je suis à proximité de lui. Il devrait me dégoûter, je devrais ressentir un profond sentiment de haine envers lui, mais je n'y arrive pas. Alejandro me fascine de par sa prestance et son charisme. Une partie de moi se dit qu'il ne peut pas être un homme vil, que je peux lui accorder un semblant de confiance, et surtout le fait d'avoir pris ma défense devant ses hommes me touche bien plus qu'il ne faudrait.

Chapitre V

Le lendemain, je suis réveillée par le chant des oiseaux, un peu embrumée, je mets du temps à me souvenir du lieu où je me trouve. Quand tout me revient en mémoire, je me redresse brusquement sur le lit. Toujours habillée de cette robe bleue, je fais les cent pas dans la pièce, préoccupée de chercher un moyen de m'enfuir. J'avais eu le temps de réfléchir avant de m'endormir hier soir. Alejandro est certes plaisant, il reste néanmoins un mafieux qui m'a achetée lors une vente aux enchères et qui n'hésitera pas à me faire du mal dès qu'il le jugera nécessaire. Je devais rapidement trouver un moyen de pouvoir quitter ce lieu et rentrer en Amérique.

Quelques coups frappés à la porte me font sursauter. Le verrou s'enclenche, et mama entre.

D'abord surprise de me voir debout, elle se reprend bien vite, le menton levé et les mains sur les hanches.

— Alejandro m'a demandé de te faire venir en cuisine !

— Pourquoi donc ? Je pensais que j'étais ici pour assouvir ses vils désirs, pas pour faire la popote !

Mama me regarde stupéfaite.

— Mon Alejandro n'est pas vil !

La main sur le cœur, elle semble visiblement choquée par mes propos.

— C'est un mafieux qui m'a achetée ! Qu'est-ce qu'il peut être d'autre, m'énervé-je.

— Je le connais depuis qu'il est petit, Alejandro est un chef, un mafieux comme tu dis, mais jamais il ne fait du mal gratuitement.

— Et quand je refuserai mon corps, que va-t-il faire ?

Mama semble réfléchir, décontenancée par ma question.

— Je ne sais pas, ce n'est jamais arrivé auparavant, vous êtes la première à vrai dire. De toute façon, tu vas me suivre en cuisine, puisque Alejandro me l'a demandé.

Les mains croisées sur la poitrine, je la suis de mauvaise grâce. Alejandro demande et tout le monde s'exécute, comme de gentils petits moutons !

Nous traversons les couloirs, jusqu'à arriver dans une cuisine spacieuse gardée à l'entrée par un homme de main que je ne connais pas. Mama me présente à Nina, une jeune Mexicaine, soi-disant cousine de l'un de ces hommes.

— Tu sais cuisiner ? me demande mama.

— Pas vraiment.

— Vous les Américaines, vous n'apprenez pas à faire à manger ?

— Bien sûr que si ! m'offusqué-je, mais je n'ai fait qu'étudier jusqu'ici, je n'avais pas de temps pour ça.

La mine pincée, elle ne semble qu'à demi convaincue.

— Bon, tu vas commencer par couper les légumes, ça devrait être facile ?

— Ça ira, merci.

M'asseyant sur la chaise qu'elle me désigne, je prends le couteau et commence à éplucher des carottes, sous ses regards insistants. Nina me regarde, peinée, puis vient s'installer à mon côté pour me venir en aide.

— Tu parles un peu espagnol ? me demande-t-elle.

— Pas vraiment, à part quelques mots, réponds-je avec une grimace. Je n'aimais pas apprendre les langues.

— Hum, je vois. Donc, tu t'appelles Mia, et tu as quel âge ?

— Vingt et un ans.

— Comme moi, me répond-elle avec un sourire.

L'heure qui suit, j'apprends qu'elle est la cousine de Miguel et qu'elle vient ici pendant les vacances scolaires, qu'elle aime venir ici, parce que Alejandro est gentil avec tout le monde et lui fait régulièrement des cadeaux. Je la soupçonne d'être amoureuse de lui, quand je vois les étoiles dans ses yeux en prononçant son nom. Mama, restée en retrait, écoute d'une oreille attentive notre conversation.

— Comment t'es-tu retrouvée dans cette situation ? me demande-t-elle prudemment.

Je baisse les yeux et souffle avant de lui raconter les faits.

Nina, les yeux écarquillés semble étonnée par mon récit.

— Donc, tu dis qu'Alejandro t'a achetée ?

— Oui, sinon pourquoi serais-je ici, dis-je en ricanant.

Mama s'approche de nous et pose un deuxième saladier rempli de pommes de terre.

— Arrêtez de discuter et bossez, on n'a pas la journée devant nous !

Deux heures plus tard, après avoir épluché une tonne de légumes différents, je peux enfin souffler, j'ai mal aux mains et mon dos me tire.

— Alejandro ne devrait plus tarder maintenant, me dit mama.

— Il est parti ?

— Oui, tôt ce matin.

À ce moment-là, Nina se redresse de sa chaise, un sourire enjôleur accroché aux lèvres.

— Alejandro, vous êtes revenu.

Le dos raide, je n'ose pas me tourner vers lui, les yeux fixés sur la nappe, j'attends.

— Oui, je suis revenue avec des cadeaux, dit-il en posant un paquet devant Nina et un autre devant mama. Celle-ci s'émerveille en les ouvrant : une jolie robe printanière pour Nina et une nouvelle paire de chaussures pour mama.

— C'est si gentil de votre part, merci, dit-elle en pressant la robe contre sa poitrine.

Baissant les yeux, j'essaie de me faire toute petite, peut-être qu'il quittera la pièce sans me prêter attention.

— J'ai des cadeaux pour toi Mia, dit-il en se dressant de toute sa hauteur devant moi.

Levant la tête, je le regarde droit dans les yeux.

— Je n'ai pas besoin de cadeaux.

— Hum, donc tu comptes rester dans cette robe tout le temps ?

— Et bien, si vous me laissiez partir, je n'en aurais pas besoin.

Alejandro me sourit, visiblement content de ma répartie puis s'abaisse vers mon oreille pour me chuchoter :

— Vu l'argent que j'ai dépensé pour t'obtenir, tu n'es pas près de t'en aller. Je compte bien profiter de toi.

Se redressant, il ajoute en prenant ma main :

— Si tu veux bien me suivre, Mia.

Je regarde sa main tenir la mienne, chaude et puissante à la fois, son pouce me caresse la paume dans un mouvement circulaire.

— Mia, tu m'entends ?

Rougissante, je me lève d'un bon et tire sur ma main pour rompre le contact. Il me déstabilise bien trop facilement.

Alejandro me sourit, voyant mon trouble, puis d'un signe de la main, m'invite à le suivre. J'hésite, j'ai peur de me retrouver seule avec lui.

— Je ne te ferai aucun mal, je te l'ai déjà dit.

Redressant les épaules, je prends une grande inspiration en relevant le menton.

— Je veux bien vous suivre, mais uniquement parce que je l'ai décidé.

Alejandro, l'air amusé, s'avance vers la sortie. Le garde resté en retrait, pouffe de rire sur mon passage, avant de se reprendre quand Alejandro se retourne vers lui, une lueur de menace dans le regard.

Je finis par le devancer et m'arrête devant ma chambre.

— Non Mia, la mienne.

Arrivée sur le pas de porte, je découvre une multitude de paquets venant de boutiques de luxe, pouvant faire pâlir de jalousie n'importe quelles filles.

— Oh, mon Dieu ! m'exclamé-je.

— Je t'en prie, c'est pour toi.

— Et qu'est-ce que je devrai donner en échange pour ces cadeaux, réponds-je suspecte.

— Rien, Mia, ça me fait plaisir, c'est tout.

L'observant, je plisse des yeux pour voir si un quelconque mensonge se cache derrière ses paroles, Alejandro reste imperturbable face à mon air sceptique, il se contente de s'avancer dans la pièce, puis de s'asseoir sur un fauteuil.

Je fais un pas vers le lit et décide d'ouvrir le premier paquet sous mes yeux : une robe rouge dans un tissu fluide et des escarpins de la même couleur.

— Tu aimes ? me demande-t-il.

— Elle est jolie.

Je m'empresse d'ouvrir les autres paquets comme si c'était le matin de Noël. Des robes, chemises, jeans, et sous-vêtements, tous plus beaux les uns que les autres m'émerveillent.

Alejandro m'observe, la tête légèrement penchée, les jambes écartées.

— J'aimerais te voir porter cette tenue, me dit-il en me voyant prendre une robe couleur chair.

— Je vais aller dans la salle de bain.

— Comme tu veux, Mia, ricane-t-il.

Gênée, je baisse les yeux et pars m'enfermer dans la pièce. Adossée contre le mur, je presse la robe contre ma poitrine. Ces cadeaux me font plaisir, certes, mais je ne suis pas dupe, Alejandro me voit comme une poupée avec laquelle il pourra s'amuser.

Me déshabillant à la hâte, j'enfile la robe à toute vitesse, j'ai peur qu'Alejandro change d'avis et décide de rentrer dans la salle de bain au moment où je suis nue. Me regardant dans le miroir, je tourne sur moi-même, cette robe est parfaite, en mousseline, elle est si légère, idéale pour le climat mexicain.

— J'attends, entends-je derrière la porte.

La main légèrement tremblante, j'ouvre la porte et m'avance vers lui. Alejandro me contemple, les yeux brillants et m'invite à me rapprocher de lui. À moins d'un mètre, je m'arrête, jugeant être assez proche sans pour autant être en danger imminent. Ses yeux me fixent, contemplent chaque courbe de mon corps. Une minute passe sans qu'il ne fasse rien, puis se levant, il réduit la distance qui nous sépare et vient se planter devant moi. Craintive, je tente de m'écarter, mais Alejandro passe une main dans mon dos et me plaque contre son torse. Les effluves de son parfum me parviennent, chauds et épicés. Je soutiens son regard, ne voulant pas qu'il voie ma détresse. Silencieux, sa main chaude toujours pressée sur mon dos remonte lentement jusque ma nuque, me massant doucement.

— Tu es très belle, j'aime te voir ainsi, dit-il d'une voix rauque.

Ses yeux plantés dans les miens me dévorent, me consument à petit feu.

— Alejandro…soufflé-je.

— Oui, Mia, dis-moi ce que tu veux, dit-il en prenant mon menton de son autre main.

Ses yeux rivés sur mes lèvres m'attirent irrésistiblement. Me mordillant, je lutte pour ne pas m'approcher et l'embrasser. Il est mon acheteur, pas un homme quelconque rencontré dans une soirée à qui j'aurais décidé de m'offrir. Posant mes mains sur ses épaules, je le repousse.

— Je ne veux rien de vous, dis-je faiblement.

Fronçant les sourcils, il me lâche.

— Tu luttes contre ton attirance, mais ce n'est pas grave, ce ne sera que meilleur quand tu céderas. J'ai un dernier cadeau pour toi, dit-il en sortant un collier de sa poche. J'espère qu'il te plaira.

Passant derrière moi, il libère ma nuque de mes cheveux et y attache le collier. Sa main s'attarde sur ma peau me faisant frissonner.

— Quand je te prendrai, tu seras consentante, tu crieras mon nom, ma queue enfoncée en toi, murmure-t-il à mon oreille en tirant mes cheveux en arrière pour me faire basculer.

Ses propos vulgaires m'excitent et me gênent à la fois, la respiration saccadée, je me laisse aller contre son torse.

— Petite Mia, tu es une douce torture.

— Vous êtes un diable, dis-je pour moi-même.

— Oui, Mia, un diable. Je t'emmènerai dans les ténèbres, te ferai succomber à la luxure.

Quelques coups à la porte me font brusquement revenir à la réalité. Je me détache de lui et m'enfuis vers la salle de bains.

— Tu peux toujours te cacher, mais bientôt tu seras entièrement mienne, dit-il avant d'aller ouvrir la porte de sa chambre.

Prenant une bonne inspiration pour me calmer, je l'entends discuter avec un garde avant s'en aller. J'attends quelques minutes avant de sortir et sursaute quand je vois Ramirez, sur le pas de la porte, les bras croisés.

— Monsieur Hernandez m'a demandé de vous raccompagner dans votre chambre.

Soufflant, je peste en me dirigeant vers la sortie.

— Vos paquets ! me dit-il en me bloquant le passage. Vous ne pensez pas que je vais être votre larbin !

Rebroussant chemin, je récupère les paquets d'un geste brusque avant de revenir vers lui.

— C'est bon, on peut y aller, dis-je d'un ton excédé.

M'offrant son plus beau sourire, il se déplace pour me laisser passer. Arrivée dans ma chambre, je jette les paquets au sol, Ramirez n'ajoute rien et referme la porte à clef, me laissant seule.

Chapitre VI

Voilà déjà deux semaines que je suis ici, je passe le temps entre ma chambre, la cuisine en compagnie de Nina et Mama, que je commence à apprécier et quelques sorties dans la cour, sous la haute surveillance de Ramirez. Alejandro, n'est quasiment jamais présent, soit, il est enfermé dans son bureau, soit il part avec ses hommes pour la journée. Ce qui n'est pas plus mal, parce qu'à chaque fois qu'il m'approche, j'ai de plus en plus de mal à lui résister. Il est toujours là à m'effleurer, une main me caressant le bras, une autre dans le creux de mes reins, ou son souffle chaud quand il me chuchote à l'oreille pour que les autres n'entendent pas, tout cela éveillent mes sens.

Ce matin, je me réveille de bonne humeur, Mama m'a promis que l'on ferait de la pâtisserie, j'ai hâte de m'y mettre. Cette femme est formidable, on voit qu'elle aime de tout son cœur Alejandro, comme si c'était son fils, elle parle de lui avec tellement de fierté et d'amour. Je pense qu'elle commence même à m'apprécier, elle ne me jette plus ses regards haineux quand j'arrive, j'ai même le droit à quelques sourires bienveillants. Quand je pars les rejoindre, elles sont déjà toutes deux affairées avec la pâte.

— Bonjour, Mia.

Je souris à Nina et m'approche de Mama pour voir si je peux aider.

— Prends le beurre au réfrigérateur, me dit-elle d'un ton sec.

— OK, pas de problème.

Mama fidèle à elle-même, lance ses ordres, Nina et moi, nous nous sourions avant de s'y plier de bonne grâce. Une heure plus tard, deux plaques sont prêtes à aller dans le four, je suis assez satisfaite de moi, c'est bien la première fois que je fais de la pâtisserie.

— Assieds-toi Mia, je vais te préparer un café, tu n'as encore rien mangé depuis que tu es levée, me dit Mama.

— C'est vrai que j'ai faim, mais j'étais tellement contente de cuisiner que je n'y ai pas pensé.

M'asseyant sur la chaise, Mama me sert une tasse fumante dont de délicieux arômes s'échappent.

— Votre café est merveilleux, lui dis-je avec sincérité.

Mama me sourit, fière d'elle et prend place à mon côté.

— Je t'apprendrai à le faire si tu veux.

— Oui, j'aimerais, merci.

J'aime être avec elles, elles sont de bonne compagnie et cela m'évite de trop cogiter sur mon sort. J'espérais toujours pouvoir m'échapper et retrouver les miens, mais je dois bien avouer que je suis plutôt chanceuse par la tournure des événements. Quand je repense à ce César, je sais qu'il en aurait été tout autrement s'il m'avait achetée.

Nous discutons une bonne heure, Mama m'explique que le père d'Alejandro est mort, il y a de cela dix ans d'un cancer tandis que sa mère s'est faite tuer par un rival quand il était petit. Le pauvre, perdre ses deux parents a dû être très douloureux.

— C'est pour ça que je le vois comme mon fils. Alejandro, je m'en occupe depuis qu'elle n'est plus là. Il était si petit le pauvre, il ne pouvait plus s'arrêter de pleurer. Depuis, je ne l'ai plus quitté !

Perdue dans ses pensées, elle semble à mille lieues d'ici maintenant.

— Tu as des frères et sœurs ? me demande Nina.

— Non, mes parents étaient trop pris par le boulot pour avoir envie d'en avoir d'autres.

Nostalgique, je regarde ma tasse en pensant à eux. Je n'ose imaginer dans quelle détresse ils sont en ce moment. J'aimerais tellement les rassurer, leur dire que je vais bien.

— J'aimerais qu'Alejandro ait un jour des enfants, peut-être avec toi qui sait ?

— Il m'a achetée, tu ne penses tout de même pas que j'imagine quoi que ce soit de bon ressortir de tout ça ?

— Je sais que c'est difficile pour toi, mais honnêtement tu aurais pu tomber plus mal, tu te focalises sur cet événement, t'empêchant de voir ce qu'Alejandro a de bon en lui.

Ces paroles me perturbent, cela fait déjà quelques jours que j'y pense. Je sais qu'il aurait pu me forcer, me faire du mal, mais étrangement, il me laisse le temps de m'habituer à ma nouvelle vie.

Le midi, j'aide Nina à préparer la grande table, ses hommes les plus proches viennent manger avec nous.

— Raphaël ne devrait plus tarder, me dit-elle.

— Je crois savoir qu'il est parti en ville ce matin ?

— Oui, une affaire à régler.

— Tu n'as pas peur parfois d'être entourée d'hommes comme eux ?

— Comme eux ? Oh, tu veux dire faisant partie de la mafia ? Non, rit-elle. J'en connais certains depuis ma plus tendre enfance, ils me voient comme une sœur.

— Je vois.

La table prête, je me retourne et manque de rentrer en collision avec Raphaël. Il me rattrape par la taille quand je manque de tomber en voulant reculer.

— Excuse-moi, je t'ai fait peur.

— Euh, non, bredouillé-je. C'est ma faute, je n'avais pas vu que vous étiez là.

— Tu peux me tutoyer, pas la peine de faire autant de manières, me dit-il d'un ton taquin.

Rougissante, il me regarde une lueur amusée dans le regard avant de me lâcher pour prendre une pêche dans le saladier, je l'observe s'éloigner d'un pas nonchalant. Prête à repartir en cuisine, j'aperçois Alejandro sur le pas de la porte de son bureau me fusiller du regard. Un peu décontenancée, je me fige un instant, ne comprenant pas sa soudaine colère à mon encontre puis hausse les sourcils avant de continuer mon chemin. Heureusement il ne me suit pas.

— Fais attention, me dit Nina qui m'a rejointe. Raphaël est joueur, il fait tomber n'importe quelle fille à ses pieds.

— Je n'en doute pas, ris-je. Il est très beau aussi dans son genre.

— Aussi ? Tu veux dire autant qu'Alejandro ?

— Euh, ce n'est pas ce que je voulais dire… enfin pas vraiment, merde, je m'embrouille.

— Ce n'est pas grave. Aide-moi à porter le plat là-bas.

Il nous faut toute notre force pour transporter la lourde marmite en fonte jusqu'à la table. Ramirez quant à lui se contente de s'installer et de se servir sans nous aider.

Bientôt tout le monde est rassemblé, Alejandro à l'autre bout, m'observe tout en mangeant. Miguel, le cousin de Nina, discute avec elle, d'une fille qu'il a rencontré la veille.

— Superbe, je te dis. Je suis sûr que je lui plais.

— Tu dis toujours ça, rit Nina, mais ensuite, tu rentres bredouille, à croire que tu vas finir seul toute ta vie.

— Tu veux dire la fille du bar ? intervient Raphaël.

— Oui, j'ai discuté avec elle, une fille plantureuse, dit-il en mimant ses formes.

— Elle a fini dans mon lit…

— Tu plaisantes ? demandé-je.

Raphaël dit non de la tête, Nina se marre, j'en fais de même quand je vois la mâchoire de Miguel tomber.

Raphaël me sourit avant de charrier Miguel un peu plus.

— C'est vrai qu'elle était bien foutue, j'entends encore ses cris résonner dans ma tête, hum…

Riant aux éclats, je sursaute quand j'entends la fourchette d'Alejandro claquer sur la table.

Le visage dur, il parle en espagnol à ses hommes pour que je ne le comprenne pas, Nina me jette un regard en coin, gênée, puis plonge le nez dans son assiette. Je ne comprends pas, que s'était-il passé pour que tout le monde s'enferme dans un mutisme général. Je regarde tour à tour l'assemblée, mais tous semblent fascinés par leur assiette. Faisant de même, je mange en silence. Quand nous avons fini, mama se lève et commence à débarrasser. Je me lève pour l'aider, mais Alejandro intervient.

— Non, Mia. Tu as fini pour aujourd'hui. Je veux que tu ailles dans ma chambre tout de suite, m'ordonne-t-il d'une voix dure.

— Mais…

Je ne finis pas ma phrase quand je vois son expression se durcir encore plus. Raphaël ainsi que Miguel semblent désolés pour moi, tandis que Nina, qui jusqu'à maintenant n'était pas intervenue, se lève et me prend le bras avant de répondre.

— Alejandro, Mia est fatiguée, elle a beaucoup travaillé.

Se levant, il frappe la table de ses poings et fusille Nina du regard.

— Je ne t'ai pas demandé ton avis, Nina !

Nina, le dos raide, me lâche aussitôt pour filer en cuisine. Je regarde Alejandro, confuse devant tant de véhémence et décide de prendre sa défense.

— Nina n'a rien fait, pas la peine d'être aussi méchant, dis-je les poings sur les hanches.

Raphaël et Miguel lèvent la tête vers moi, le visage étonné. Quant à Alejandro, il fulmine de rage. L'air menaçant, il s'avance lentement vers moi, comme un félin prêt à bondir sur sa proie. Je ne recule pas, je ne veux pas qu'il puisse penser que j'ai peur.

— Alejandro, vous ne devriez pas, intervient Raphaël toujours assis sur sa chaise.

— Ne te mêles pas de ça ! tonne Alejandro.

À moins d'un pas de moi, il me toise de toute sa hauteur, me défiant du regard.

— Je t'ai dit d'aller dans ma chambre, gronde-t-il.

Je ne bouge toujours pas, ne voulant pas lui donner la satisfaction de lui obéir.

— Mia…

Sa voix menaçante me fait frémir, je sais que je joue un jeu dangereux.

— Tu devrais y aller, souffle Raphaël.

Alejandro, les sourcils froncés, se tourne vers lui puis lui sourit d'un air mauvais.

— Tu penses qu'elle va t'écouter plus que moi. Elle aussi, tu veux la baiser ?

Le visage de Raphaël se décompose tandis qu'Alejandro se glisse derrière moi et m'encercle la taille d'une main.

— Regarde bien, Raph, elle est à moi !

Je suis figée, muette de stupeur quand sa main remonte jusqu'à ma poitrine et m'emprisonne un sein devant ses hommes.

— Ne pense pas un seul instant qu'elle puisse aller sur ton tableau de chasse, continue-t-il en léchant le pourtour de mon oreille.

— Alejandro, murmuré-je, tremblante.

— Tu ne veux plus me défier ? me dit-il à l'oreille. Où alors, tu veux que je te prenne devant eux ? ça ne me dérange pas, tu sais. Ça m'est déjà arrivé, n'est-ce pas Raph ?

Raphaël ne dit rien. Seul son poing serré sur la table montre la colère qu'il ressent.

— Allons dans ta chambre, dis-je le cœur battant mais d'une voix calme pour l'apaiser.

— Quoi, tu ne t'amuses plus ? Tu ne veux plus rire encore avec mes hommes ?

— Alejandro…

— Tous dehors ! crie-t-il brusquement.

Ils ne se font pas prier, en moins de cinq secondes, la salle se vide, me laissant seule face à sa colère.

Me prenant la main, il me tire vers le couloir, je tente de lui échapper, mais cela ne fait qu'attiser sa colère.

— Tu me fais mal, crié-je.

Alejandro s'arrête brusquement, tourne son visage vers moi et tire d'un coup sec sur mon poignet, ce qui me fait atterrir tout droit dans ses bras.

— Tu es à moi, Mia. Je fais ce que je veux de toi. Peut-être as-tu pensé que comme je t'ai laissée tranquille, tu pouvais agir comme une trainée avec mes hommes, mais détrompe-toi, je vais de suite te prouver le contraire.

Son visage n'est plus qu'à quelques centimètres du mien. Il regarde mes lèvres, s'approche encore. La panique monte, je pose mes mains sur ses épaules et tente de le repousser en criant mais cela ne fait que décupler sa colère.

— Oh, non Mia. C'est fini. Le jeu est terminé ! Je vais te montrer qui est le chef ici !

Me plaquant brutalement au mur, il m'emprisonne les mains avant de foncer sur mes lèvres. Son baiser est coléreux, agressif. Je tente de crier, et il en profite aussitôt pour glisser sa langue de force dans ma bouche. Je gémis sous la sienne, tente de lui donner des coups de pied mais cela ne fait qu'amplifier son assaut. Se servant de ses cuisses puissantes pour écarter les miennes, il se frotte contre moi, son sexe tendu sous son pantalon.

— Tu vois dans quel état tu me mets ? dit-il d'une voix rauque, tout en appuyant son sexe fortement, les muscles contractés.

Il me fait peur, jamais, il ne s'était montré brutal envers moi jusqu'à maintenant. Les larmes aux yeux, je tremble comme une feuille. Je sais qu'il va me violer, ici, contre ce mur.

Chapitre VII

— Tu penses que tes pleurs peuvent m'empêcher d'obtenir ce que je veux depuis le premier jour où je t'ai vue ?

Je ne réponds pas, les yeux baissés. Mes mains enfin libérées, sont plaquées sur son torse, tentant de garder un minimum de distance entre nous. Je sais que cela est futile, mais cela me donne l'impression de pouvoir encore maîtriser la situation.

— Ma douce Mia, dit-il en caressant ma joue du pouce, j'ai tellement hâte de jouir de ton corps.

Me prenant la main, il m'oblige à le suivre jusque sa chambre. Quand il ouvre la porte et qu'il me lâche, j'en profite aussitôt pour aller à l'opposé de la pièce.

— Tu penses pouvoir m'échapper ? me demande-t-il, un sourire en coin. Continue, Mia, j'aime jouer au chat et à la souris.

Paniquée en le voyant s'approcher doucement de moi, je cherche des yeux quelque chose qui pourrait m'aider à me défendre sur son bureau. Rien d'extraordinaire, jusqu'au moment où mes yeux se posent sur le tiroir. À toute vitesse, je l'ouvre et tombe sur un pistolet que je brandis vers lui.

— Ne t'approche pas de moi, crié-je, les mains tremblantes. Je vais te tuer !

Alejandro ne semble pas le moins du monde effrayé, toujours avec le même sourire, il s'avance vers moi et pose une main sur sa poitrine avant de me dire d'une voix trop calme :

— Vas-y, Mia ! fais-le ! Juste ici, pile dans mon cœur !

Abaissant le cran de sureté comme mon père me l'a appris il y a longtemps, je m'apprête à tirer. Alejandro n'est plus qu'à moins d'un mètre de moi, ce sera ma seule occasion. Fermant les yeux, j'appuie sur la détente, mais rien ne se passe. Surprise, je rouvre les yeux et découvre Alejandro, me fixant de ses yeux perçants, une lueur étrange dans les yeux.

— Félicitation Mia, je ne te pensais pas capable de tirer, mais penses-tu vraiment que je t'aurais laissée faire si facilement ? Cette arme n'est pas chargée, ma douce.

Levant la main, il récupère le pistolet et le range calmement dans le tiroir avant de se planter de toute sa hauteur devant moi.

— Qu'est-ce que vous allez me faire ? dis-je d'une petite voix, persuadée qu'il va vouloir me faire regretter ma tentative d'assassinat.

— Tu es fascinante. Tu te tiens fièrement devant moi, alors que tu es terrorisée.

Ses yeux brillent d'excitation quand il pose ses doigts délicatement sur les fines bretelles de ma robe. Figée, la respiration en suspens, je sens le fin tissu glisser le long de mon corps. Son regard caresse chaque parcelle de peau dévoilée, ce qui me fait frissonner malgré la peur que je ressens envers lui. Du bout du doigt, il longe ma clavicule en un lent mouvement avant de descendre toujours avec cette même lenteur le long de mon bras.

— Ta peau est douce, murmure-t-il avant de me lâcher. Au début je pensais te prendre rapidement, mais maintenant je pense plutôt jouer avec toi.

Les mains agrippées sur le bord du bureau, je le regarde droit dans les yeux avant de lui dire d'une voix méprisante :

— Tu me dégoûtes, tu n'es pas mieux que tous ces hommes dans l'assemblée. Tu veux me posséder comme une bête. Tout ce qui compte pour toi, c'est assouvir tes bas instincts !

La surprise se lit dans son regard avant d'être remplacée par de la colère.

Avant que je comprenne ce qu'il se passe, Alejandro me fait tourner sur moi-même avant de me plaquer contre son bureau, la tête écrasée sur son carnet de notes. Le souffle coupé, je gigote, mais Alejandro est bien trop fort pour moi. Les mains retenues dans le dos, il m'empêche tout mouvement.

— Tu penses que je suis comme eux ! peste-t-il contre mon oreille. Tu veux que je te montre ce que t'aurais fait César ?

Il me retient toujours d'une main, quand il glisse son autre main entre mes jambes.

— Non, gémis-je, quand je sens ses doigts glisser vers mon anus.

— Tu vois, César a un penchant très marqué pour la sodomie, dit-il en appuyant son pouce à l'entrée.

Je serre les fesses et me trémousse à m'en faire mal aux bras.

— Enfoiré, crié-je quand il incère son doigt à l'intérieur.

— C'est très vilain, ce langage. Mais tu as peut-être raison, je te l'accorde. Tu ne devrais pas me provoquer, Mia. Ma patience a des limites.

— S'il te plaît, Alejandro, arrête, supplié-je, alors que son doigt frotte contre mes parois.

— Arrêter ? Mais on vient de commencer. C'est toi qui as dit que je ne valais pas mieux qu'eux, dit-il en s'enfonçant un peu plus.

— J'ai eu tort, dis-je d'une petite voix. Tu n'es pas comme ça. Je sais que tu vaux mieux que cela.

— Pourtant, en ce moment, je rêve de m'enfoncer dans ton joli petit cul dit-il en lâchant mes bras pour me caresser les fesses dans un mouvement circulaire.

— Je t'en supplie.

Les larmes aux yeux, il retire enfin son doigt et se penche vers mon oreille pour me murmurer :

— J'accède à ta demande ma douce, parce que je sais que tu es vierge et que tu as besoin d'être préparée si je ne veux pas t'abîmer. Mais si tu veux prendre du plaisir, tu devras te laisser faire, Mia…

— Alejandro, je ne peux pas, dis-je en relevant la tête et en me massant les poignets endoloris.

— Bien sûr que tu peux, tu appréhendes, c'est tout.

Prête à me redresser, Alejandro m'en empêche en posant sa main sur ma nuque.

— Où tu vas comme ça ? demande-t-il d'un ton amusé.

— Mais vous avez dit…

— Je vais te donner du plaisir Mia, ici, sur ce bureau ! Tu ne bougeras que sur mon ordre, si tu oses désobéir, tu sais ce qui t'attend, dit-il en effleurant mon anus.

— Oui, réponds-je dans un souffle.

— Très bien, Mia. Maintenant, écarte les cuisses.

— Alejandro, je ne …

— Maintenant, dit-il d'un ton dur.

Prenant sur moi-même, j'écarte les cuisses.

— C'est bien, continue comme ça.

Ses mains glissent le long de mon dos dans une longue caresse et se mettent à malaxer mon fessier.

— Je vais adorer te prendre…

Je retiens mon souffle quand je sens sa main glisser le long de ma culotte et caresser mon clitoris à travers le fin tissu.

— Tu aimes Mia ?

Je serre les dents et subis son assaut sans rien répondre. Il continue pendant une bonne minute avant de s'arrêter et de s'éloigner de moi.

Soulagée par ce moment de répit, je le regarde du coin des yeux s'approcher de la table de chevet. Les cheveux en bataille, il en sort un couteau avant de revenir vers moi.

— Alejandro, ne me faites pas de mal, dis-je sans oser me relever.

— Ne t'inquiète pas, il ne t'arrivera rien.

La respiration saccadée, je sens la lame glisser le long de mes fesses avant de couper net le tissu.

— Met ta jambe sur le bureau, ordonne-t-il d'une voix chargée de désir contenu.

Obéissante, je positionne ma jambe droite quand il me soulève les fesses pour me cambrer vers lui.

— Tu vas rester sage, Mia. Si tu ne bouges pas, je te ferai une surprise.

Ses mains glissent le long de mes jambes avant de remonter vers mon entrejambe. Son pouce frôle l'entrée avant de venir caresser mon clitoris en de petits mouvements circulaires.

— Je vais te goûter maintenant.

Avant même de pouvoir protester, le cœur battant à tout rompre, je sens sa langue brûlante glisser le long de ma fente avant d'y pénétrer pour me goûter, me savourer. Je pousse un cri, surprise, quand il ressort pour me titiller le clitoris.

— Jamais je ne me lasserai de toi, dit-il la bouche plaquée contre mon sexe.

La tête relevée, je crispe mes doigts sur le bord du bureau quand il l'aspire fortement.

— Alejandro…lâché-je, grisée par le plaisir.

— Oui, Mia. Je suis là.

Tout en suçant mon clitoris, il enfonce un doigt à l'intérieur en crochetant mon point sensible, ce qui me fait crier de plaisir à ma plus grande honte. Je devrais détester, haïr, mais mon corps me trahit. Un deuxième doigt rejoint le premier, glissant le long de mes parois, ses grognements contre mon sexe, son souffle chaud me galvanisent. Abandonnant toute retenue, je lance les hanches à l'assaut de sa bouche, écarte les cuisses pour mieux le recevoir. Sur le point de non-retour, il s'enfonce profondément en moi, embrasant mes sens, ce qui me fait jouir sur le champ. Prise de soubresauts, emportée par un orgasme comme je n'en avais jamais connu, je ne me rends pas compte qu'Alejandro s'est relevé.

— Ta chatte est trempée, prête à me recevoir. Ta conscience me rejette, mais ton corps, lui, sait à qui il appartient.

La tête sur le côté, je le vois se débarrasser de son pantalon puis de son caleçon, me révélant son impressionnante virilité. Empoignant son sexe, il se touche dans de lents mouvements, ses yeux reflètent le même désir qu'il m'inspire.

— C'est ça, ma douce, regarde-moi. Vois qui te donne du plaisir.

S'approchant au plus près, me dominant de toute sa hauteur, il fait glisser son sexe le long de mien, luisant de l'orgasme qu'il vient de me procurer avant de se positionner devant mon entrée.

— Tu vas avoir mal, mais ça ne durera pas longtemps.

Encore tremblante, son sexe pousse, gagne quelques centimètres avant de s'arrêter. L'intrusion est incommodante mais pas douloureuse.

Alejandro grogne contre mon dos, se retenant visiblement. Je tente de bouger devant l'inconfort, mais ses mains me retiennent fermement contre lui.

— Ne bouge pas, dit-il en serrant les dents, les mains agrippées fermement sur mes fesses.

Me mordillant la lèvre, j'attends que mon corps l'accepte et se détende.

— Putain, je ne vais pas tenir longtemps.

Déjà son sexe appuie un peu plus, pénétrant plus loin dans mes chairs.

— Je vais prendre ta virginité maintenant, Mia. Prépare-toi, crie-t-il alors qu'il s'enfonce d'une seule poussée.

Sous le coup de la douleur, je pousse un cri, Alejandro s'arrête quelques instants avant de s'enfoncer de plus belle, se retirant et s'enfonçant encore et encore. Ses assauts sont brutaux, chargés de désirs frustrés. Passé le moment de douleur, le désir refait surface, se propageant dans toutes les cellules de mon corps. Ses va-et-vient me percutent, sa main remonte le long de mon flan pour m'emprisonner un sein qu'il titille. Je gémis sous ses assauts quand un deuxième orgasme me surprend. Tremblante, Alejandro se retire et éjacule sur mes fesses en criant.

— Putain, dit-il en posant sa joue contre mon dos.

Se relevant doucement, la respiration saccadée, il me soulève dans ses bras et m'emmène vers la salle de bains.

— Qu'est-ce que vous allez faire ?

— Tu as besoin d'être lavée…

— Oh, réponds-je en rougissant.

Alejandro me sourit, avant de me poser délicatement et de tourner le robinet.

Les yeux toujours brillants, il me retire mon soutien-gorge et ce qui reste de ma culotte avant de me prendre la main pour me mettre sous le jet d'eau chaude.

— J'aimerais tellement te prendre encore maintenant, dit-il alors qu'il fait glisser sa main le long de mon corps pour me savonner.

M'embrassant l'épaule, il parcourt mon ventre puis la poitrine avant de mettre du shampooing dans le creux de sa paume pour me masser le cuir chevelu. Fermant les yeux, je laisse mon corps s'alanguir sous cette douce caresse.

— Mia, murmure-t-il, pourquoi pleure-tu ?

Surprise, j'essuie les larmes qui ont roulés sur mes joues.

— Je ne sais plus quoi penser de vous, vous êtes mon ravisseur, je devrais vous haïr, pourtant mon corps vous désire. Je ne sais plus où j'en suis, réponds-je alors qu'il continue son massage.

— La vie est plus complexe qu'elle ne le laisse paraître, je ne suis pas un monstre Mia, tu apprendras à me connaître, si ton cœur le désire, laisse-moi juste une chance, c'est tout ce que je te demande.

De longues minutes passent avant qu'il ne coupe l'eau pour m'enrouler dans une serviette et me ramener dans son lit.

— Ferme les yeux et dors.

Le corps pressé contre moi, je sens toute la force de son désir, pourtant, il ne fait rien, se contentant de caresser mon flan.

— Je te déteste pour tous ces sentiments contradictoires que je ressens, dis-je tout bas, avant de m'endormir dans ses bras.

— Non, Mia, tu ne me détestes pas, tu le voudrais, mais tu ne peux pas. Tu es faite pour moi et jamais je ne te laisserai, quitte à me haïr moi-même.

Chapitre VIII

Les paupières à moitié closes, j'émerge doucement du sommeil. La lumière filtre à travers les lourdes tentures, éclairant faiblement la pièce. Je mets quelques secondes pour réaliser à quel endroit je me situe. Paniquée, je me tourne et découvre Alejandro, endormi profondément à mes côtés. Je l'observe sans bouger, osant à peine respirer de peur de le réveiller. Son visage est beau, c'est certain, ses maxillaires bien dessinés, ombrés par une barbe naissante, sa peau tannée par le soleil, ses longs cils recourbés, me fascinent. Je me mords la lèvre en l'admirant. Continuant ma contemplation, mes yeux descendent sur son torse bien fait, musclé, mais pas à outrance. Un tatouage recouvre ses côtes, je m'approche pour lire ce qui y est dessiné quand il bouge dans son sommeil. Repoussant le drap qui me recouvre, je sors nue du lit sans bruit. Si jamais il se réveille, ma seule chance de pouvoir l'atteindre sera anéantie. Le cœur cognant dans la poitrine, je m'approche du bureau à pas de loup pour repérer le couteau qu'il a utilisé la veille. Il me faut une bonne minute pour le découvrir finalement sur le sol. Une lame de dix centimètres de long, parfaitement aiguisée. Glissant le doigt sur le tranchant, une fine goutte de sang perle sur le bout de mon doigt. De loin, je regarde Alejandro dormir paisiblement, il ne sait pas que je m'apprête à le tuer. Il n'aurait pas dû faire l'erreur de laisser cette arme à ma vue. Le poignard bien en main, je m'approche discrètement de lui. Sur le bord du lit, j'hésite, j'ai peur après ce qu'il m'a fait hier, je ne sais pas si je vais y arriver. La main légèrement tremblante, je grimpe sur le lit et pointe la lame vers sa jugulaire. Il suffit d'un coup sec sur son artère pour que ce soit fini, je le sais. La respiration en suspens, les sourcils froncés, Alejandro m'observe les yeux bien ouverts.

— Tu penses pouvoir me tuer, Mia ? Tu sais c'est plus difficile que tu ne le penses, surtout la première fois, dit-il d'une voix ensommeillée.

Quand j'aperçois son bras bouger, j'enfonce la pointe dans sa chair, laissant un filet de sang couler sur le drap.

— Tu mérites de mourir, tu m'as violée ! craché-je dans son visage, plein de rage.

— Non, Mia. Je ne t'ai pas violée. Je me souviens parfaitement que tu y as pris beaucoup de plaisir.

— Vous m'y avez contrainte, aboyé-je.

Toujours avec un calme olympien, il me sourit puis répond :

— C'est ce que tu veux croire, mais bientôt tu réaliseras que notre relation va bien plus loin que ça.

— Jamais, je vais te tuer et foutre le camp d'ici ! dis-je encore plus énervée devant son calme.

— Tu me tutoies ? ricane-t-il alors que le couteau est toujours pointé sur sa gorge. C'est une belle avancée !

— Tu…

D'un mouvement rapide, il empoigne la lame avant de la jeter au loin. Abasourdie, je n'ai pas le temps de reculer que déjà il m'emprisonne entre ses bras pour me jeter sur le drap.

— Tu n'aurais pas dû, grogne-t-il contre mon oreille.

Me débattant, je frappe son visage de ma main avant qu'il arrête mon geste.

— Ma douce Mia est une lionne, ricane-t-il encore.

— Et toi un chacal ! pesté-je contre lui.

Tout son corps pèse contre moi, je gesticule, mais ne fait qu'attiser son désir quand je sens son érection palpiter contre mon sexe.

— Non, arrête ! je t'en prie ! supplié-je alors que son sexe pointe à l'entrée.

Le visage dur, ses yeux parcourent mon corps nu. Il ne me retient plus que d'une main, mais il est bien trop fort pour que je puisse lui échapper.

— Je pensais te laisser du temps après ta première fois, mais tu dois retenir la leçon, tu ne peux pas t'en prendre à moi sans punition, dit-il en empoignant son sexe pour le guider en moi.

D'une poussée brusque, il s'enfonce, je pousse un cri qu'il étouffe de sa main avant de la glisser sur mon cou, qu'il encercle sans pour autant m'empêcher de respirer. Son sexe me percute de plein fouet, les larmes aux yeux, je le laisse me salir sans rien faire, molle, j'attends qu'il finisse sa sale besogne. Une veine palpite contre sa tempe, la sueur perle sur son front quand il s'enfonce encore et encore. Je vois bien que mes larmes le perturbent, il évite de me regarder dans les yeux, concentré seulement sur son acte.

— Regarde-moi Alejandro quand tu me violes, dis-je d'une voix mauvaise, assume tes actes !

S'arrêtant brusquement de me pilonner, il me regarde fixement avant de me dire :

— Ne joue pas à ça, tu n'es pas de taille !

Alejandro se retire rapidement avant de m'encercler la taille pour me retourner sur le ventre et de me soulever les jambes pour s'enfoncer en moi. Les cuisses tenues par la seule force de ses mains, je m'agrippe tant bien que mal aux draps qui m'entourent. La tête enfoncée dans l'oreiller, son sexe me pilonne sans relâche, ne me laissant aucun répit.

— Tu es incroyable, grogne-t-il en s'enfonçant plus fortement, cela devait être une punition, pourtant je sens ta chatte trempée contre ma bite ! Avoue que tu prends du plaisir !

— Jamais, gémis-je entre deux coups puissants.

Proche de l'orgasme, je me mords la lèvre pour ne pas succomber, Alejandro s'enfonce de plus en plus rapidement avant de se retirer et d'éjaculer sur moi.

Me laissant retomber sur les draps, il prend un mouchoir sur la table de chevet pour m'essuyer d'un geste doux avant de le jeter dans la poubelle.

— Je sais que tu t'es retenue, Mia. Tu étais proche, je l'ai sentie…

— C'est n'importe quoi, dis-je la tête toujours enfouie pour ne pas le voir.

D'une main, il me caresse le dos avant de se lever.

— Je vais appeler le médecin de famille pour qu'il vienne demain. Tu prendras un moyen de contraception.

Relevant la tête, je le vois ramasser la lame et partir dans la salle de bains. Toujours allongée, des larmes de frustration coulent le long de mes joues. Cet homme est un monstre et je déteste mon corps de réagir à ses assauts. Tapant du poing, je rage contre moi-même et ce corps qui me fait défaut.

Quelques minutes plus tard, il ressort, lavé, enroulé dans une serviette avant de se diriger vers le dressing.

— Mama a dû préparer le dîner, dit-il en enfilant son pantalon noir hors de prix.

— Je n'ai pas faim, murmuré-je en évitant son regard.

— Tu mangeras, Mia ! Mais ce soir, je ne veux pas te voir à table avec mes hommes. Tu iras dans ta chambre et je te ramènerai ton repas.

— Comme vous voudrez, ce n'est pas comme si j'avais mon mot à dire, réponds-je amèrement.

Calmement, il boutonne sa chemise et se dirige vers moi.

— Lève-toi Mia. Je n'ai pas le temps pour les enfantillages.

Me relevant doucement, je m'enroule dans les draps pour échapper à son regard, ce qui le fait sourire.

— Pas la peine de te cacher, je connais déjà tout de toi.

Le rouge aux joues, je relève le menton pour le défier une dernière fois, à croire que je suis suicidaire.

— Devrais-je peut-être rester nue et parader dans les couloirs à la vue de tout le monde !

Les yeux menaçants, Alejandro s'approche de moi et tire mes cheveux d'un coup sec en arrière.

— Attention à toi, Mia, j'ai été plus que patient avec toi.

Me relâchant, il me prend le poignet et m'entraîne à sa suite vers ma chambre. Après avoir ouvert la porte, il me pousse vers l'intérieur et referme la porte à double tour sans rien ajouter. Me laissant tomber au sol, je reste quelques minutes sans bouger quand j'entends la porte se déverrouiller.

— Je t'ai apporté le nécessaire pour te laver, dit Alejandro en posant un broc sur la commode.

Le regard impassible, il m'observe sans rien dire avant de souffler et de s'en aller. Une fois le calme revenu, je me relève en laissant le drap retomber à mes pieds. Une fois lavée et habillée, je m'allonge sur le lit et laisse mon esprit vagabonder librement. Cela fait trois semaines que j'ai été kidnappée et pourtant j'ai l'impression qu'une éternité s'est passée. Mes pensées bifurquent vers des souvenirs de mon enfance, mon père jouant avec moi au ballon dans la cour, ma mère cuisinant des cookies et riant en me voyant avec de la farine sur le bout du nez. Des souvenirs plus récents aussi me reviennent : mon amie Jessica qui était une véritable bouée de sauvetage à mon arrivée à la fac, quand j'étais naïve et perdue dans ce monde d'étudiants bien loin de ma petite vie tranquille, Antonio à l'hôtel, qui m'avait trahie de la plus vile façon, pour de l'argent. Les poings crispés, je jure de le tuer si je le rencontre à nouveau.

Sortant de ma léthargie, je me rends compte que quelqu'un est entré dans ma chambre sans que je m'en aperçoive et qu'il a déposé un plateau à la place du broc. Je me lève et découvre un plat cuisiné typiquement mexicain ainsi qu'une salade de fruits. Mon estomac gargouille bruyamment quand je porte une bouchée à mes lèvres, c'est un délice, un brin trop épicé, mais Mama a fait des merveilles.

Rassasiée, je fais les cent pas dans la pièce, de plus en plus frustrée d'être enfermée. Il doit être dans les vingt-deux heures si j'en juge aux rayons du soleil qui décline rapidement.

Énervée, je m'approche de la porte et tambourine dessus.

— Laissez-moi sortir !

Je continue pendant au moins cinq minutes quand enfin la porte s'ouvre. Mama me tend des livres, le regard compatissant.

— C'est pour toi, Mia. Alejandro ne veut pas que tu sortes.

— Mais je ne vais pas rester ici indéfiniment ? pesté-je. Mama, tu veux bien m'aider ?

— Je suis désolée, Alejandro a donné des ordres clairs : qui compte te viendra en aide ou lui désobéira, sera gravement puni.

Baissant les yeux, elle attend que je la libère de son fardeau. Pestant, j'attrape les livres et referme la porte en la claquant avec mon pied.

— Salon con, enfoiré ! crié-je pour que l'on m'entende. Je regrette de ne pas t'avoir tué !

Je tape du pied et jette le reste du plateau au sol avant d'attraper les barreaux de ma fenêtre en criant de rage.

Un des hommes dans la cour m'aperçoit et bifurque aussi rapidement dans le sens inverse. Apparemment, le message est bien passé, ce n'est certainement pas à l'un d'eux à qui je peux demander de l'aide.

Je crie de toutes mes forces ma frustration mais seul le chant des oiseaux me répond. Les larmes aux yeux, je me jette sur le lit et pousse les livres qui tombent au sol avec fracas.

— Tu ne t'en sortiras pas comme ça !

Chapitre IX

Le lendemain, les yeux gonflés d'avoir trop pleuré, je me réveille en sursaut en entendant le verrou de la porte s'ouvrir. Me redressant rapidement, j'aperçois Alejandro déjà parfaitement habillé accompagné d'un homme aux cheveux grisonnants.

— Mia, le médecin est arrivé.

L'homme me regarde, puis baisse les yeux, gêné de se trouver dans cette position. Pourtant c'est moi qui suis la plus à plaindre en ce moment.

— Je ne veux pas ! objecté-je. Il n'a qu'à repartir.

Reprenant mon drap, je m'enfouis dessous pour ne plus les voir.

— Mia, ne fais pas l'enfant, dit Alejandro en posant sa main sur ma hanche dans un geste doux. Rodriguez ne te fera aucun mal, je te l'assure.

— Foutez tous le camp d'ici, crié-je, toujours cachée.

— Monsieur Hernandez, pouvez-vous me laisser seul avec elle, s'il vous plaît ?

— Si vous voulez.

Lorsque la porte se referme, je sens mon lit s'affaisser sous le poids du médecin.

— Mia, c'est ça ? Je suis venue pour pouvoir te mettre un implant. Est-ce que tu comprends ?

— Bien sûr, je ne suis pas débile, grogné-je.

— Je comprends que tu sois en colère face à cette situation…

Me redressant illico, je le regarde les sourcils froncés.

— La situation ? Vous savez que je suis retenue ici contre mon gré ?

L'air désolé, il baisse la tête et souffle avant de me répondre :

— Il me l'a expliqué vaguement.

— S'il vous plaît, vous êtes médecin, vous ne pouvez pas cautionner ce qu'il me fait subir ?

Désespérée, je m'avance vers lui et prends sa main entre les miennes. Il me regarde, attendri, puis finalement retire sa main avant de se lever et reculer pour garder une distance raisonnable entre nous.

— Je ne peux rien pour toi, Monsieur Hernandez fait vivre pas mal de familles dans la région, moi y compris. Tout ce que je peux faire, c'est te permettre de ne pas tomber enceinte. Ce qui j'espère, n'est pas déjà le cas.

— Je ne pense pas, soufflé-je en passant mes mains dans les cheveux dans un geste nerveux.

J'avais espéré pendant un instant trouver de l'aide en ce médecin, mais visiblement Alejandro à sous contrôle un grand nombre de personnes.

— Bien.

— Vous avez des enfants, monsieur ?

— Oui, ils sont grands maintenant, je suis même grand-père de deux jolies petites filles, répond-il avec un sourire.

— Voudriez-vous qu'elles vivent le même sort que moi ?

Le dos soudain raide, il fronce les sourcils, visiblement mécontent.

— Je vois très bien ce que tu cherches à faire, mais ça ne marche pas. Je suis ici pour une tâche que je vais accomplir et ensuite, je partirai sans aucun remord, est-ce bien compris ?

— Faites donc, au moins, ce porc ne pourra m'engrosser !

Relevant ma chemisette, je lui présente mon bras d'un geste énervé.

Quelques minutes plus tard, le médecin parti, c'est au tour d'Alejandro de refaire une apparition. Adossée sur les oreillers, je le fixe avancer vers moi d'un pas nonchalant.

— Content ? Tu as eu ce que tu voulais.

Un sourire en coin, il s'assied sur le bord du lit avant de me répondre :

— Mia, c'est pour toi que je le fais. Je ne pense pas que tu veuilles des enfants ?

— Avec vous ? Beurk, réponds-je avec une grimace de dégoût. Plutôt crever.

— Parfois, j'oublie que tu es jeune…

— Ouais, je dirai même que vous êtes limite pédophile, m'irrité-je à ses propos.

Je suis certes jeune, mais pas une gamine non plus, j'ai vingt et un ans pas quinze, pensé-je.

— Je n'ai aucun goût pour les fillettes, répond-il calmement, d'ailleurs tu ne m'as pas dit ton âge ?

— Parce que c'est maintenant que vous vous en souciez ? Et si je réponds quinze, vous allez me laisser tranquille ?

Laissant un petit rire s'échapper, ses traits s'adoucissent, ce qui m'énerve encore plus quand je m'aperçois que j'aime ça.

— Mia, on sait très bien tous les deux que tu es plus âgée.

— Hum, grogné-je. J'aurai essayé ! J'ai vingt et un ans, réponds-je sèchement.

Il semble réfléchir avant de répondre :

— Alors tu as dix ans de moins que moi…

— Il vous en fallu du temps pour calculer, ricané-je.

— Mia, gronde-t-il. Je ne suis pas à la tête d'un cartel en étant un imbécile, autrement je serais déjà mort depuis longtemps.

Se levant il prend la direction de la porte puis se retourne une dernière fois avant de partir.

— Mama t'apportera ce dont tu as besoin, tu resteras ici, le temps que je revienne.

— Vous partez ?

— Oui, j'ai des affaires de toute urgence à régler. Je vais te manquer ?

— Certainement pas !

D'un dernier sourire, il referme la porte me laissant seule une nouvelle fois.

Quatre jours que je suis enfermée dans cette chambre, les seuls moments où je vois quelqu'un c'est quand on m'amène mes repas, mon broc pour me laver ou un vulgaire pot de chambre pour mes besoins. J'en suis à me demander si je ne vais pas devenir folle en restant ici.

Ce n'est qu'au cinquième jour, après avoir lu tous les livres que Mama a eu la gentillesse de m'apporter, que finalement Alejandro ouvre la porte. Toujours aussi sexy dans son pantalon noir et sa chemise blanche à col mao, je suis surprise de le découvrir avec une barbe mal rasée et des cernes sous les yeux.

Debout au milieu de la pièce, je le laisse avancer vers moi, quelques détails me frappent au plus il s'approche : une petite tache de sang sur sa chemise, une griffure sur sa tempe qui n'est pas de mon ressort et quelques égratignures sur ses phalanges.

— Qu'est-ce qui s'est passé ? demandé-je.

— Tu t'inquiètes pour moi ? me demande-t-il en souriant puis s'arrêtant à quelques centimètres de moi.

— Euh, non, réponds-je en rougissant parce qu'il a vu juste.

Passant ses bras autour de ma taille, il plonge le nez dans mon cou, respirant à pleins poumons contre ma peau.

— Ton odeur m'avait manquée, à la fois douce et sucrée.

Je tente de le repousser, mais ses mains me tiennent trop fermement contre lui.

— Alejandro, murmuré-je alors qu'il est toujours enfoui dans mon cou.

— Hum, laisse-moi quelques instants.

Les mains sur ses épaules, j'attends patiemment qu'il me lâche. Quand il recule son visage, c'est pour me regarder, les yeux brillants.

— Tu n'as plus peur de moi.

— Je…bien sûr que j'ai peur !

— Non, ce n'est plus le cas, avant quand je m'approchais, tu te raidissais, je pouvais lire la crainte dans ton regard.

En y réfléchissant, je me rends compte que lorsqu'il a pénétré dans ma chambre, je n'ai pas eu cette appréhension qui ne me quittait jamais lors de ses visites, là, j'avais juste ressenti de la crainte face à ses blessures. En colère contre moi-même, je le pousse de toutes mes forces avant de grimper sur le lit.

— C'est n'importe quoi, tu es un être abject, tu me malmènes, tu me retiens prisonnière dans cette chambre depuis des jours, je ne vois pas comment mes sentiments pour toi pourraient changer ! m'écrié-je.

Mettant ses mains dans les poches, il ne bouge pas, se contentant de sourire avant de me demander :

— Tu veux bien me suivre ?

— Pour aller où ? demandé-je méfiante.

— Dans ma chambre.

— Hors de question ! crié-je.

Les sourcils froncés, il n'apprécie pas que je ne lui obéisse pas, pourtant il garde son calme, s'approchant doucement du lit et me tendant la main.

— Viens Mia, si ça peut te rassurer, je te promets que je ne te toucherais pas aujourd'hui.

— Aujourd'hui ?

— Oui, c'est tout ce que je peux te garantir.

Acceptant de mauvaise grâce la main tendue, je descends du lit pour le suivre, je sais qu'il tiendra promesse. Et puis, sortir de cette chambre me fera le plus grand bien.

Arrivée dans sa chambre, je reste légèrement en retrait, quand je le vois se déshabiller pour partir dans la salle de bains.

— Tu viens ? me demande-t-il quand il ne me voit pas venir.

— Tu n'as pas besoin de moi, réponds-je les bras croisés.

— Je veux que tu viennes, j'ai besoin de toi.

— Pour ?

Soufflant, il commence à déboutonner sa chemise avant de me présenter son dos.

— Tu comprends maintenant ?

Bouche bée, je remarque une vilaine entaille de dix centimètres de long.

— Mon Dieu, qu'est-ce qui s'est passé ? m'écrié-je en m'approchant pour regarder.

— Rien qui te concerne. Sache juste qu'il ne risque pas de recommencer, dit-il avec dureté.

— Vous l'avez …

— Tué ? Oui.

Son ton me fait comprendre que je ne dois plus poser de question.

— Tu as bien dit que tu étais en médecine ?

— Pour devenir infirmière plus exactement. Vous ne voulez quand même pas que je vous soigne ?

— Tu sais recoudre, non ?

— Et bien oui, mais ….

— Pas de mais… va chercher la valisette dans le meuble de salle de bains.

— Mais vous ne pouviez pas appeler le médecin de famille, je suis sûre qu'il pourra mieux s'y prendre que moi ?

— Tu ne peux pas arrêter de poser des questions ? s'énerve-t-il. Je l'ai déjà appelé, mais il est occupé avec une petite fille malade à cinquante kilomètres de là ! Tu comprends maintenant, pourquoi j'ai besoin de toi, dit-il en haussant le ton.

— Oui.

D'un pas rapide, je pars à la recherche de cette valisette. Quand je la trouve, Alejandro est assis sur le rebord de la baignoire avec pour seul vêtement son caleçon.

— Tournez-vous, dis-je un peu abruptement quand je remarque ses muscles dorsaux rouler sous sa peau.

— Tu ne me tutoies plus. Je préférais pourtant.

Une compresse en main, je nettoie sa plaie séchée, profitant qu'il me tourne le dos pour le contempler tout mon saoul, avant de sortir le désinfectant et le nécessaire pour le recoudre.

— Ça va faire mal, lui dis-je lorsque j'ai l'aiguille en main.

— Ce n'est pas la première fois Mia. Tu peux y aller.

Prenant une grande inspiration, je plante mon aiguille dans sa chair. À part un léger tressautement de sa mâchoire, Alejandro ne bouge pas. Sa capacité à supporter la douleur m'impressionne. Une quinzaine de points plus tard et un pansement posé sur mon œuvre, Alejandro se relève et regarde son dos dans le miroir.

— C'est très bien Mia. Tu as été parfaite.

Rougissante au compliment, je détourne le regard pour qu'il ne le remarque pas.

— Mia, dit-il en me prenant la main.

Sursautant à son contact, je tire sur mon bras pour lui échapper. Je n'aime pas être si proche de lui. Le soigner et une chose, mais quand il est gentil avec moi, je ne sais plus où j'en suis.

— Viens dormir avec moi, s'il te plaît ? demande-t-il cette fois-ci sans me toucher.

— Mais c'est encore l'après-midi…

— Donc, ce qui te gêne n'est pas de dormir avec moi, mais que nous sommes au milieu de l'après-midi, dit-il en riant.

— Eh bien, ce n'est pas ça, mais…

Ne me laissant pas le temps de continuer, il agrippe ma main et m'entraîne dans sa chambre d'une poigne de fer.

— Arrête de penser, Mia. Je n'ai pas beaucoup dormi ces derniers jours, et tout ce que je veux c'est sentir ton corps contre le mien. Je te l'ai promis Mia, je ne ferai rien.

Sceptique, je contourne le lit en l'observant. Quand je le vois se glisser sous les draps, les traits fatigués, je comprends que je peux lui faire confiance, il semble bien trop exténué pour tenter quoi que ce soit. Me glissant à mon tour, je garde malgré tout une distance entre nos deux corps. Je l'entends ricaner mais ne m'approche pas. Soulagée, je ferme les yeux. Seule sa respiration paisible me parvient.

— Tu m'as manqué, ces derniers jours, me dit-il la voix ensommeillée.

Je ne réponds pas, espérant qu'il s'endorme. Quelques minutes plus tard, alors que je pense qu'il dort, je bouge en silence, espérant lui fausser compagnie. Si la porte est ouverte, je pourrais peut-être fuir cet endroit avant que l'envie me manque. Mais Alejandro profite de ce moment pour m'enlacer la taille, plaquant son torse contre mon dos, et empêchant par la même occasion tout moyen d'évasion. Je souffle de frustration, quand sa main chaude remonte le long de ma cuisse dans une lente caresse.

— Vous avez promis, dis-je tout bas.

— C'est vrai, répond-il d'une voix rauque. C'est bien dommage. Ta peau est si douce.

Sa main me caresse innocemment, me faisant frissonner au passage. Pourtant il ne tente rien, se contentant de toucher ma cuisse.

— Hum, dit-il en appuyant son érection sur mes fesses. Tu n'imagines pas comment je te désire, murmure-t-il à mon oreille.

Me raidissant, je m'efforce de me décaler pour éviter son contact, mais il resserre son emprise, ce qui ne fait que me rapprocher encore plus de lui.

— Je ne ferai rien, Mia. Ne t'inquiète pas.

Son souffle chaud me caresse la nuque, j'ai un mal fou à faire abstraction de son corps collé au mien. Au bout de quelques minutes, quand je remarque qu'il ne tente rien, je me détends et ferme les yeux.

Chapitre X

Une odeur agréable me parvient, ce qui me fait ouvrir les yeux. Alejandro debout devant son bureau, pose un plateau. Me redressant, il se retourne vers moi et me sourit.

— Tu t'es réveillée pile au bon moment. J'avais demandé à Mama de nous ramener un repas.

Me frottant les yeux, je me relève et m'approche. Je hume les senteurs et déjà j'ai l'eau à la bouche.

— Mama fait des miracles.

Prenant une fourchette, j'enfourne une bonne bouchée. Décidément, c'est toujours succulent.

Alejandro souriant me regarde manger sans rien dire.

— Quoi tu ne manges pas ? demandé-je.

— On est reparti au tutoiement, ricane-t-il.

Rougissante, je détourne la tête. Alejandro s'installe dans son fauteuil et me regarde soudain sérieux.

— Viens, Mia.

— Pourquoi ?

— Parce que je l'ai décidé. Ne m'oblige pas à me répéter.

Avalant rapidement, j'essuie le coin de ma bouche avant de m'approcher prudemment de lui. Je m'arrête à un pas et attends.

— Plus près, Mia, dit-il calmement.

— Je ne…

M'attrapant la main, il me fait basculer contre lui, ce qui fait que mes fesses tombent pile sur son sexe que je sens déjà gonfler sous son caleçon. Je tente de me dégager, mais il me retient fermement d'une main plaquée autour de ma taille.

— Ma douce Mia, toujours aussi timide.

Prenant la fourchette posée, il l'emplit avant de la tendre vers moi. Quand je comprends qu'il veut que je mange, je refuse en reculant la tête.

— Mia, je te donne à manger, ce n'est pas hors de ta portée.

— Je sais manger toute seule, murmuré-je pour ne pas l'énerver.

— Je le sais, c'est juste que j'en ai envie. Ouvre la bouche, Mia, insiste-t-il en approchant la fourchette.

Cette fois-ci, j'obéis, je n'ai pas envie qu'il s'énerve et me congédie dans ma chambre encore plusieurs jours. Il faut que je tombe dans ses bonnes grâces, pour qu'il relâche sa vigilance et me donner une chance de pouvoir m'échapper.

Au bout de plusieurs bouchées, il essuie le coin de ma bouche de son pouce avant de le lécher dans un geste terriblement érotique. Gesticulant contre lui, je suis mal à l'aise.

— Mia, c'est tellement facile de lire en toi. Tu me désires, mais tu refuses cette attirance. Je l'ai vue dans tes yeux dès le premier regard que tu as posé sur moi.

Baissant les yeux, je ne réponds pas.

Alejandro lève sa main et me caresse la joue avant de la passer à l'arrière de ma nuque pour me rapprocher de lui. Ses lèvres ne sont plus qu'à quelques centimètres des miennes, tentantes, hypnotiques. J'humecte les miennes, anticipant la suite.

— Tu vois, Mia. Tu as envie que je t'embrasse, je suis sûr que tu commences à mouiller.

Les yeux toujours rivés sur ses lèvres, j'attends, mais il ne bouge pas, me laissant dans la frustration.

— Viens Mia, fais le premier pas.

Sa voix rauque, son souffle chaud contre mes lèvres m'attirent irrésistiblement. Franchissant le dernier centimètre qui nous sépare, je pose mes lèvres délicatement sur les siennes, dans un baiser timide, plein de retenue.

Alejandro se met à rire, ce qui me fait sortir de ma transe aussitôt.

— Non, Mia, je ne me moque pas de toi.

— Pourtant, ça en avait l'air ! M'offusqué-je.

— Non, jamais.

Passant ses bras autour de moi, il me caresse le dos de long en large, les yeux brillants.

— Recommence, je ne rirai pas, je te le promets.

J'ai envie de le croire, alors je m'approche et dépose mes lèvres contre les siennes. Alejandro sentant ma retenue, plaque sa main dans mon dos, puis me saisit le visage de l'autre pour prendre possession de ma bouche. Sa langue caresse la mienne, d'abord doucement, puis un grognement se fait entendre avant qu'il accélère la cadence. Gémissante, je passe mes bras autour de son cou et caresse ses cheveux, doux et souples, entre mes doigts. Son baiser m'emporte dans un délice de volupté. Ce n'est qu'au bout de quelques minutes, quand nos lèvres se séparent que je remarque que je suis à califourchon autour de lui.

— Tu ne peux pas nier notre attirance mutuelle, murmure-t-il contre ma peau en enfouissant son visage dans le creux de mon cou.

— L'attirance ne fait pas tout, réponds-je un peu désorientée par notre échange.

— Mais c'est un bon début.

Passant ses bras autour de mes cuisses, il me soulève sans effort, se dirigeant vers la salle de bains.

— Nous nous lavons et ensuite nous sortirons.

— Mais il fait nuit ! dis-je en regardant par la fenêtre.

— Je sais. Mais je pense qu'une promenade nocturne te fera le plus grand bien, après avoir passé autant de jours enfermée.

— A qui la faute, m'énervé-je.

— Mia, tu as tenté de me tuer, ce n'était pas très gentil.

— Tu me retiens captive, je suis prisonnière ici, réponds-je pour me défendre.

— Réfléchis, si tu m'avais rencontré dans une situation lambda, aurais-tu envisagé une relation entre nous ?

— Je ne sais pas, réponds-je en m'empourprant quand je le vois retirer son caleçon.

Voyant mon embarras, il sourit et prend mon visage entre ses mains pour un baiser léger.

— J'aime ton innocence, c'est frais, léger. Dans mon monde tout n'est que noirceur, corruption.

Glissant ses mains sous la robe, il me déshabille avant de tourner le robinet de la douche.

— Vas-y Mia.

Un peu étonnée qu'il ne me rejoigne pas, je laisse l'eau ruisseler sur mon corps avant de prendre le pain de savon. Alejandro se contente de m'observer, nu, son érection dressée vers moi. Gênée, je lui tourne le dos.

J'entends son rire me parvenir avant de sentir ses doigts me parcourir le dos. D'abord surprise, je le laisse finalement faire, savourant sa caresse légère.

— Mia, grogne-t-il en mordillant ma clavicule. Tu me rends fou.

Ses doigts parcourent mes courbes, sa langue lèche ma nuque avant de déposer des baisers le long de mon échine.

— Mia, murmure-t-il contre ma peau. Retourne-toi.

Obéissante, je le regarde cette fois.

— Tu vas me laver, m'ordonne-t-il d'une voix grave.

Les yeux grands ouverts, je panique. Je regarde son corps, son sexe, et recule craintive.

— Non Mia. N'aie pas peur.

Me prenant la main qui tient le savon, il guide la mienne en la posant sur son torse, faisant de petits mouvements circulaires. La respiration en suspens, je sens ses muscles rouler sous mes doigts, captivant mon attention. M'enhardissant, je laisse ma main parcourir son torse, prétextant de le laver pour mieux l'explorer. Je remarque qu'il ne laisse que le jet d'eau atteindre son torse, ne voulant pas mouiller son pansement dans le dos.

— Plus bas, grogne-t-il.

Baissant les yeux, je descends lentement ma main vers son sexe, mais n'ose pas encore le toucher.

— Vas-y Mia. Découvre mon corps, apprends à ne plus l'appréhender.

Prenant une bonne inspiration et fermant les yeux, je prends son sexe entre mes doigts. D'abord surprise par sa douceur, je commence à bouger lentement, le savonnant sur toute la longueur.

Alejandro gémit, j'entrouvre les paupières pour le regarder plaquer ses mains de chaque côté du carrelage, me laissant l'accès libre.

— Maintenant, Mia, tu vas me sucer, dit-il d'une voix enrouée après quelques minutes. Je veux sentir ta langue s'enrouler autour de moi.

Grisée par ses paroles, je m'agenouille, les yeux rivés sur son sexe palpitant entre mes doigts. Hésitante, je passe d'abord la langue sur le bout de son gland avant de la glisser tout le long. Gémissant sous mes caresses, je le regarde pencher la tête en arrière, les mains crispées.

— Plus fort, ma douce, je veux que tu la prennes entièrement dans ta bouche.

Oubliant toute retenue, j'ouvre la bouche pour le prendre, le faisant coulisser entre mes lèvres, son sexe est chaud, épais.

— Très bien, Mia. Tu es douée. Continue, gémit-il.

Encouragée, je le suce plus durement pendant de longues minutes. Je suis surprise d'y trouver du plaisir. Alejandro lâche subitement le carrelage pour agripper mes cheveux et me retenir contre lui. Accélérant la cadence, je sens son corps se raidir et sa semence se répandre sur ma langue. Poussant un râle, il se retire, essoufflé, et passe ses bras autour de moi pour m'aider à me relever.

— Tu es incroyable Mia, dit-il en passant ses doigts sur mes lèvres. Jamais je ne te laisserai partir.

Se reculant, il quitte la douche et s'enroule dans une serviette.

— Je te laisse cinq minutes Mia pour terminer ta toilette, je vais te chercher des vêtements en attendant. Dépêche-toi, autrement je finirai ce que l'on vient de commencer, dit-il les yeux perçants.

Ne me laissant pas le temps de répondre, il quitte la pièce et referme la porte. Sous le jet d'eau chaude, je termine de me laver, honteuse de me demander si je ne devrais pas faire exprès de traîner.

Quand il revient, des vêtements en main, je suis enroulée dans une serviette, les cheveux brossés.

— Je vois que tu m'as écouté, j'en suis presque déçu, répond-il en s'appuyant nonchalamment sur le chambranle de la porte.

Alejandro est déjà habillé, un jean brut, tee-shirt noir. Il semble plus jeune ainsi, plus accessible. Me tendant les vêtements, il quitte la pièce pour me laisser de l'intimité. Je suis de plus en plus troublée par sa présence, j'aimerais le détester, pourtant ce n'est pas le cas. Tout mon corps le réclame, au point de ne plus savoir où m'imposer des limites.

Habillée, je le rejoins dans sa chambre. Il est assis sur son bureau, une tasse de café en main.

— On va pouvoir sortir à présent. J'aimerais te faire découvrir le tour de la propriété pour commencer.

Contente de pouvoir sortir de cette maison, j'accepte sa main tendue et le suis dans les couloirs.

Deux gardes sont à l'entrée de la villa, pistolet à la taille. Ils saluent Alejandro avant de baisser les yeux quand ils me voient à son côté.

— Pourquoi semblent-ils gênés devant moi ? demandé-je étonnée.

— Eh bien, dit-il en se grattant la barbe, soudain embarrassé, je leur ai dit que je leur couperais les parties s'ils s'osaient ne serait-ce que te regarder.

Bouche bée, je m'arrête brusquement, avant de le regarder fixement.

— Tu plaisantes, tu ne ferais pas ça ?

— J'étais énervé, après l'épisode de Raphaël, essaye-t-il de se défendre.

— Mais il ne se passe rien avec lui, je ne comprends pas, on dirait que tu es jaloux.

Le visage soudain dur, il me prend la taille pour me plaquer contre lui. Ses hommes non loin de nous, se retournent brusquement pour nous laisser de l'intimité.

— Tu es à moi Mia. Sache-le. Personne ne te prendra, je tuerai quiconque essayera !

— Tu es fou, soufflé-je contre ses lèvres avant qu'il m'embrasse à m'en faire perdre la tête.

— Certainement.

Me reprenant la main, nous avançons jusqu'à l'énorme porte donnant sur l'extérieur. Trois hommes cette fois-ci montent la garde, tous armés jusqu'aux dents. Impressionnée et peu habituée à cela, je me colle contre lui, ce qui le fait sourire.

— N'aie pas peur. Il n'arrivera rien. Ils ont ordre de protéger la bâtisse contre toute intrusion.

— Je vois, ce qui veut dire que quelqu'un risque d'attaquer… ce n'est guère rassurant.

— Non, rit-il. Tu risques plus une attaque de serpent qu'une attaque de mes ennemis.

— Oh ! fais-je en regardant soudain par terre.

Alejandro se moque de moi et en profite pour m'enlacer. Son contact est chaud, rassurant, je me déteste d'aimer cela et de rechercher son contact de plus en plus fréquemment. La nuit est fraîche l'été, comparée à la chaleur étouffante de la journée. Seule la faible lueur de la lune éclaire nos pas. Nous marchons une bonne heure, avant qu'Alejandro décide de rentrer. Arrivée devant ma chambre, je remarque qu'Alejandro continue son chemin. Intriguée, j'attends qu'il se retourne.

— Dorénavant, tu ne dormiras plus que dans mon lit, me dit-il quand il voit que je n'avance plus.

— Mais je pensais…

— Tu pensais être tranquille la nuit ? Non Mia, je te veux à mes côtés la nuit comme à mon réveil. Maintenant que tu t'es habituée à ma présence, tu devras la supporter à chaque instant, dit-il le plus sérieusement du monde.

Hésitante, je m'avance vers lui et le suis jusque devant son lit. Alejandro se déshabille jusqu'à se retrouver nu devant moi.

— Tu attends quoi ? demande-t-il.

— Je n’ai pas pris ma nuisette, soufflé-je.

— Mia, dit-il en se glissant sous les draps. Tu n’en as pas besoin. Dépêche-toi de me rejoindre.

M’avançant vers le lit, je croise son regard dur, ce qui arrête mon geste.

— Je te veux nue, Mia.

— Oh, dis-je le rose aux joues.

Me retournant, je me déshabille rapidement avant de me glisser à mon tour sous les draps. Son corps vient se presser contre le mien, chaud et chaleureux à la fois. Je le laisse m’enlacer contre lui, son souffle me caressant la nuque au passage.

— J’aime ton odeur, murmure-t-il. Elle est apaisante.

Je ne tarde pas à le sentir s’endormir, toujours plaqué contre moi. Je devrais en profiter pour m’échapper, mais à ce moment-là, je n’ai qu’une envie, être enveloppée de sa chaleur.

Chapitre XI

Un mois s'est passé depuis son retour, Alejandro passe toujours autant de temps dans son bureau et moi je peux enfin circuler dans la maison, toujours sous la surveillance d'un garde, mais tout de même, ne plus être enfermée dans cette chambre me fait le plus grand bien. Je passe beaucoup de temps avec Mama dans la cuisine, elle m'apprend ses astuces et ses recettes traditionnelles. Le soir, après notre balade nocturne quasi quotidienne, quand toute la villa s'éteint, Alejandro me fait découvrir le sexe de multiples façons, exigeant, dominant, il est tantôt brutal, tantôt doux, m'emmenant sans cesse vers une partie de moi que je ne connais pas. Je passe de plus en plus de temps en sa compagnie, nous discutons de nos vies respectives, lui de son enfance, quand ses parents étaient encore vivants, moi de mes amies à la fac, de mes parents, de mes rêves avant d'être kidnappée. Je remarque toujours une ride se former sur son front quand j'aborde le sujet. Un soir, alors que je lui parlais de mes études pour devenir infirmière, Alejandro m'avait posé beaucoup de questions sur le déroulement de mes journées de cours, les soirées estudiantines et comment j'avais fait pour ne jamais avoir eu de relations charnelles avec des hommes à mon âge. Un peu étonnée par ses questions, j'avais néanmoins répondu que je n'avais jamais rencontré quelqu'un qui me donne envie d'aller plus loin, mis à part quelques flirts, ça s'arrêtait là. Il paraissait satisfait de la réponse, son sourire en coin était éloquent. Quant à mon tour, je lui avais posé des questions, il s'était soudainement fermé, répondant sèchement qu'il n'était jamais allé à l'école, que ses parents ne l'avaient jamais autorisé à sortir sans un garde et qu'un professeur venait à domicile. Quelque part, il me faisait de la peine. J'avais eu une enfance heureuse, épanouie, avec beaucoup d'amis autour de moi. Alors qu'Alejandro n'avait connu que ce monde de brutes, où le moindre faux pas risquait d'entraîner la mort.

Je suis en train d'éplucher des légumes en compagnie de Mama quand arrive Nina dans la cuisine. Je ne l'avais pas revue depuis l'incident.

— Bonjour, lui dis-je quand elle entre, un panier rempli de fruits en tous genres.

— Bonjour Mia.

Elle ne sourit pas, semble même éviter mon regard. Posant son lourd fardeau, elle quitte la pièce aussitôt sans une parole.

Interloquée par sa réaction, je demande à Mama :

— Qu'est-ce qui se passe avec Nina ?

— Rien, pourquoi ?

— Eh bien, elle se comporte bizarrement.

— Je ne vois rien d'inhabituel, répond-elle en retournant à sa marmite.

Pourtant j'aurais juré avoir vu de l'animosité dans son regard, mais peut-être me fais-je des idées.

Le repas préparé, nous mettons la table. Prête à m'installer à ma place habituelle, Alejandro me fait signe de me placer à son côté. D'abord surprise, je me dirige vers lui, d'un pas lent. Malgré le fait que dans l'intimité Alejandro se montre gentil à mon égard, je ressens toujours un malaise quand nous sommes en présence de ses hommes de main. D'un sourire figé, je m'assieds, un peu raide. Tous les regards convergent vers nous, Ramirez me scrute comme à son habitude, Raphaël quant à lui, se contente de plonger le nez dans son assiette. Mais ce qui m'étonne le plus, c'est Nina. Je vois clairement qu'elle me jette un regard assassin. Je ne comprends pas sa soudaine hostilité envers moi, pourtant nous nous entendions bien jusqu'à présent.

Alejandro m'interroge du regard, je lui souris faiblement et me contente de manger en silence. Quand la fin du repas arrive, je m'apprête à me lever, mais Alejandro me retient fermement par la main.

— Je t'emmène en ville cet après-midi, peux-tu te préparer ?

— Oh, réponds-je les joues rosies par l'excitation. J'y vais tout de suite.

N'attendant pas sa réponse, j'accélère le pas vers sa chambre, je ne voudrais pas qu'il change d'avis. Toutes mes affaires y ont été déposées dès le lendemain après qu'il ait pris la décision de m'avoir auprès de lui. J'entends le rire des hommes sur mon passage, mais je m'en contrefiche, ils ne savent pas comment, pour moi, c'est libérateur de pouvoir sortir d'ici, même dans une si splendide propriété.

Moins d'une demi-heure plus tard, après avoir enfilé une robe, je retourne au salon. La salle est vide, seule Nina au fond de celle-ci, me fixe, assise dans un fauteuil.

— Tu sais où est Alejandro ? lui demandé-je.

— Dans son bureau, répond-elle un peu sèchement.

Haussant un sourcil, je m'arrête pour la regarder plus attentivement, Nina n'est habituellement pas aussi froide envers moi. M'approchant, je décide de m'installer dans un fauteuil auprès d'elle.

— Qu'est-ce qui se passe ? Je ne comprends pas ton attitude.

Nina me fixe, le regard dur, puis souffle avant de répondre :

— Tu es amoureuse d'Alejandro ?

Choquée par sa question, je me laisse tomber au fond du fauteuil.

— Bien sûr que non. Je te signale que je ne suis pas ici de gaieté de cœur !

Nina sourit puis semble réfléchir.

— Pourtant tu as l'air de t'y plaire, vu le sourire que tu arbores à l'idée d'aller te balader avec Alejandro.

— Nina, je suis enfermée toute la journée, tu penses que c'est facile ? Bien sûr que je suis heureuse de pouvoir sortir.

— Je peux te poser une question ?

— Bien sûr Nina, je t'en prie.

— Tu veux toujours t'enfuir ?

Prise de cours, ne m'attendant pas à cette question, je mets quelque temps avant de répondre.

— Si je pouvais retrouver les miens, je le ferais, c'est sûr.

— Alors, je pense que je peux t'aider, dit-elle tout bas pour ne pas être entendue par des oreilles indiscrètes.

Le cœur battant, je n'en reviens pas de ce qu'elle m'annonce. Allais-je pouvoir partir ? Retrouver ma famille ?

— Comment peux-tu faire ? demandé-je excitée.

— Doucement, ne parle pas trop fort. Je sais qu'il y a une échelle dans le garage. Je m'arrangerai pour l'installer derrière la cour quand les gardes seront en pause. Cette nuit, tu devras t'éclipser à deux heures, c'est à ce moment-là que les gardes changent.

— Tu es formidable, réponds-je en serrant ses mains dans les miennes.

— Mia, il faut que tu comprennes que tu ne dois absolument pas parler de moi si tu te fais attraper. Alejandro me tuerait.

— Oui, je comprends, ne t'inquiète pas.

— Je te laisserai un sac rempli de nourriture et une carte pour te repérer.

Me relevant, je m'approche d'elle pour la serrer dans les bras. Jamais je n'aurais imaginé trouver du soutien en elle. Je suis tellement heureuse que je ne remarque pas qu'Alejandro nous a rejointes.

— Qu'est-ce qu'il se passe ici ? nous demande-t-il.

Nina et moi, surprises, commençons d'abord par nous regarder à tour de rôle avant que je prenne la parole.

— Nina me parlait d'un garçon qu'elle appréciait, j'étais juste contente pour elle.

Alejandro la regarde, étonné puis s'avance vers moi pour me prendre la main.

— Si tu es prête, nous allons y aller.

— Ok. À tout à l'heure Nina, réponds-je enjouée.

Le suivant, je monte dans sa berline noire flambant neuve. Alejandro parle au chauffeur pour lui indiquer notre destination puis se tourne vers moi.

— Tu as l'air de bonne humeur aujourd'hui ?

— Oui. C'est une très belle journée, réponds-je enthousiaste.

Ne voulant pas paraître suspecte à cause de mon projet d'évasion, je lui pose de multiples questions sur l'endroit où nous allons. J'apprends que c'est une petite ville, avec de nombreux paysans, vendant leurs produits sur le marché.

— Nous allons au marché alors ?

— Oui, Mama m'a fait une liste. Par contre je dois rencontrer quelqu'un avant. Tu m'attendras dans la voiture, en attendant que je revienne.

Pensive, je regarde le paysage défiler par la fenêtre. Un immense désert se profile sous mes yeux, beau et en même temps effrayant. Pas une seule maison ne se dessine, comme si la région n'était pas habitée.

— Nous sommes dans quelle partie du Mexique ? demandé-je soudainement intriguée.

— Nous sommes au nord du Mexique, dans le désert de Chihuahua.

— Nous sommes loin de L'Amérique ?

— Oui, répond-il sèchement.

Voyant que la discussion le contrarie, je change de sujet pour lui parler de banalités. Je ne veux surtout pas gâcher mes chances de lui fausser compagnie parce que je l'aurais mis en colère.

Arrivée en ville, je suis charmée par les couleurs vives qu'exposent les devantures des maisons. Bleu, ocre, jaune tout y est. Une ribambelle d'enfants passe devant la voiture avant de s'arrêter et de taper au carreau. Alejandro leur parle en mexicain avant de leur tendre des pièces visiblement préparées d'avance. Les enfants le remercient et partent aussi vite qu'ils sont arrivés.

— Ils mendient ? demandé-je attristé par leur sort.

— Oui, il n'y a pas beaucoup de travail dans la région. Si je peux aider, je le fais.

La voiture s'engage dans une ruelle, avant de s'arrêter dans un nuage de poussière.

— Tu restes ici, tu ne sors sous aucun prétexte, est-ce clair ?

— Oui, j'ai compris, soufflé-je énervée.

Alejandro me jette un dernier regard d'avertissement avant de s'éloigner pour pénétrer dans l'immeuble. La ruelle est calme, seul un garde à l'entrée scrute la rue, à l'affût du moindre danger.

Je suis coincée depuis une bonne heure, le chauffeur me jette des regards de temps à autre, mais n'est absolument pas disposé à faire la causette. Après lui avoir posé deux ou trois questions, j'ai lâché l'affaire quand il a répondu par de vagues grognements.

Tapant du pied nerveusement, je vois enfin une silhouette descendre les escaliers. Pensant que c'est Alejandro qui arrive, je suis surprise de découvrir César, l'homme qui avait tenté de m'acheter à la vente aux enchères. M'enfonçant brusquement dans mon siège, espérant qu'il ne me voie pas, je suis effrayée quand je remarque qu'il s'approche de la vitre. Un sourire carnassier sur les lèvres, il me lance un regard prédateur, ses yeux sont froids, calculateurs, ils me font peur.

— Ce n'est qu'une question de jour, tu seras bientôt dans mon lit, dit-il dans un rire effrayant.

La main sur le cœur, je tente d'en contrôler les battements. Cet homme est dangereux, vicieux. Qu'est-ce qu'il avait voulu dire ? Est-ce que Alejandro l'avait rencontré pour me négocier ? Rien qu'à imaginer qu'il puisse me faire cela, j'en ai la nausée. Heureusement, cela ne risque pas d'arriver. Ce soir, je m'enfuirai et ne reverrai plus jamais ce monde de malades. Deux minutes plus tard, Alejandro remonte dans la voiture, le visage soucieux.

— J'ai été un peu long, une affaire à négocier, désolé.

— Hum, je suppose que César est dur en affaire. Après tout, la marchandise n'est plus intacte.

Surpris, Alejandro me regarde en haussant les sourcils.

— Plutôt…mais je pense en tirer un bon prix malgré tout. Il pourra encore en jouir pendant un moment avant de s'en débarrasser.

Stupéfaite devant son honnêteté, je détourne le regard. Il me dégoûte, moi qui avais commencé à l'apprécier, et lui accorder ma confiance, je n'en reviens pas qu'il puisse parler de ma future vente à ce sadique de première.

En temps normal, j'aurais apprécié cette sortie, me balader dans les allées pleines de marchands en tous genres. Pourtant, là, je n'arrive pas à faire abstraction de ce que je viens d'apprendre. J'aurais dû me douter de qu'il comptait faire, après tout, à un moment ou un autre, il se serait forcément lassé de moi. Quoi de mieux que de me vendre pour récupérer une partie de la somme dépensée pour mon achat.

Contrariée, je ne peux m'empêcher de lui jeter des regards assassins, déçue par moi-même de ne pas m'être rendue compte de ce qui m'attendait. Après une heure à déambuler dans les allées à la recherche des articles demandés par Mama, nous retournons en silence à la voiture.

— Mia, qu'est-ce qui t'arrive ? me demande-t-il.

— Rien, je veux juste rentrer.

— Comme tu veux.

Le trajet du retour prend une éternité. J'ignore le plus possible sa présence à mon côté. Quant à lui, il se contente de plonger le nez dans un de ses foutus dossiers.

À peine la voiture s'arrête devant la propriété, que j'en profite pour sortir rapidement. J'entends Alejandro m'appeler, mais je ne réponds pas. D'un pas pressé, je passe devant les gardes avant de rejoindre Nina et Mama dans la cuisine.

— Vous avez trouvé tout ce que j'ai demandé ? Me demande Mama.

— Oui, Alejandro va te les amener, réponds-je abruptement avant de m'asseoir sur une chaise.

Nina me regarde circonspecte avant de s'installer à mon côté.

— Ça va ? Tu n'as pas changé d'avis j'espère ? Me dit-elle tout bas quand elle voit s'éloigner Mama.

— Oh, non, je dirais même que je suis encore plus résolue à dégager d'ici.

— Bien. Tiens-toi prête alors. Pendant ta virée, je suis allée installer le matériel. Tu n'auras plus qu'à lui fausser compagnie et ta liberté te sera rendue.

— Merci, Nina. Tu m'es d'une grande aide.

Les larmes aux yeux, je lui souris faiblement. Nina hoche la tête et se relève pour récupérer les sacs de provisions que le garde a laissés devant la porte. Passant le reste de la soirée avec elles, ce n'est que tard que je rejoins la chambre d'Alejandro. Celui-ci adossé à son fauteuil de bureau, m'observe entrer, les sourcils froncés.

— Tu en as mis du temps ? Qu'est-ce qui t'a retenue ?

— Rien, nous discutions c'est tout.

— Je vois.

Tapotant l'accoudoir du bout des doigts, je vois bien qu'il contient sa colère. Alors pour l'apaiser, je m'avance vers lui et m'assieds sur ses genoux avant de prendre son visage entre les mains.

— Je t'ai manqué ?

Surpris par le revirement de situation, il ne répond pas tout de suite, se contentant de me regarder avec interrogation.

— Tu es toujours si occupé, je pensais que tu n'aurais pas remarqué mon absence, continué-je.

— Je remarque toujours ton absence, dit-il d'une voix soudainement grave.

Enfouissant ma main dans ses cheveux, j'avance le visage vers lui pour l'embrasser.

— Je te préfère comme ça, dit-il entre deux baisers.

— Je m'en doute, ricané-je.

Ses mains parcourent mon dos puis descendent sur mes cuisses avant de remonter sous ma robe.

— Tu as l'air pressé ? continué-je joueuse.

— Toujours avec toi, grogne-t-il contre ma bouche.

Me laissant faire, il me soulève dans ses bras pour m'emmener sur le lit. Ce soir, ce sera la dernière fois que je me donnerai à lui. Après, je le quitterai sans me retourner et sans aucun remords.

Chapitre XII

Les paupières mi-closes, je fixe le réveil depuis une bonne dizaine de minutes. L'adrénaline monte doucement dans mes veines. Alejandro dort à poings fermés à mon côté. Il faut dire que j'ai mis le paquet cette nuit, voulant l'épuiser pour qu'il ne se réveille pas au moment où je m'en irai. Discrètement, je m'extirpe des draps et sur la pointe des pieds me dirige vers le dressing. Enfilant le plus silencieusement des vêtements confortables, je m'avance à présent vers la porte, avant de bifurquer vers sa table de chevet pour y déposer une lettre d'adieu que j'ai préparée cette nuit à son intention. D'un dernier regard vers lui, je me retourne et quitte la chambre. À pas de loup, je m'avance prudemment vers le salon. Soulagée de n'y constater aucune présence, je continue avec prudence ma route vers la grande porte menant vers l'extérieur. Ouvrant le portant doucement, je remarque un garde à une vingtaine de mètres fumant une cigarette. Nina m'a précisé qu'il changeait de poste à deux heures, il ne devrait plus tarder. Attendant patiemment, le cœur prêt à exploser, je commence à désespérer quand enfin, je vois le garde s'éloigner vers un baraquement. J'en profite aussitôt pour sortir et longer le mur derrière les rosiers. Quelques éraflures au passage, mais rien de grave j'arrive enfin à l'arrière de la bâtisse. Comme promis, une échelle est déposée au sol, mais je ne vois aucun sac d'approvisionnement. Sortant de ma cachette, je cours pour atteindre le mur opposé et me plaque contre lui. Je n'ai jamais eu aussi peur de ma vie. Quand je vois que le chemin est toujours libre, je soulève la lourde échelle pour la maintenir contre le mur. Je suis si proche de retrouver ma liberté. Dans le noir, tâtonnant le sol derrière la végétation, je cherche une dernière fois le sac qu'elle m'avait promis. Enfin, un bruissement reconnaissable me parvient. Soulagée, je m'empare de mon trésor et monte l'échelle rapidement. Arrivée en haut, je prends peur, je n'avais pas pensé que de l'autre côté, je n'aurais pas d'échelle pour redescendre. Apeurée, mais malgré tout bien décidée à ne pas me laisser intimider par un satané mur, je m'allonge dessus et l'enjambe avant de me laisser chuter. Tombant à la renverse, je serre les dents pour ne pas crier sous la douleur. J'ai l'impression d'avoir reçu une décharge dans mes deux chevilles. Les massant rapidement, je me relève et m'éloigne pour mettre le plus de distance entre moi et mon lieu de séquestration. La douleur dans mon pied gauche continue, mais rien de bien grave qui pourrait ralentir ma fuite. Je suis bien trop exaltée par cette évasion réussie.

Cela fait déjà deux heures que je marche, le sac de Nina est bien rempli. Une carte de la région, une torche, deux bouteilles d'eau et quelques sachets de nourriture en tous genres, de quoi tenir quelques jours, j'espère. Je consulte la carte, mais la nuit ce n'est pas évident de se repérer. Je regrette un instant de ne pas avoir écouté plus attentivement mon père lorsqu'il avait voulu m'enseigner l'art de se repérer aux étoiles.

Le soleil s'est levé depuis un moment, quand je décide de me cacher dans une cavité, ma cheville me fait de plus en plus mal et j'ai besoin de dormir. Le sol rocailleux est loin d'être confortable, mais au moins je serai protégée des rayons du soleil qui ne tarderont pas à rendre ce paysage merveilleux en véritable fournaise. Allongée, je me sers de mon sac en guise d'oreiller. Je suis tellement fatiguée, que je m'endors de suite.

Me réveillant péniblement, j'étire mes muscles endoloris par une position plus qu'inconfortable. Mangeant un peu, je consulte la carte en regardant le paysage environnant. Si j'en crois ce que je vois, je dois me diriger vers cette montagne et la traverser droit vers le nord pour trouver la frontière américaine. Me relevant, je regarde l'horizon, veillant à ce qu'aucun homme d'Alejandro ne me repère et quand enfin je pense la voie libre, je me dirige vers ma destination.

Je savais que ce périple serait pénible, mais je n'avais jamais imaginé qu'il serait aussi difficile. Ma cheville a gonflé, certainement une entorse, et le soleil me brûle tellement la peau, que j'ai l'impression de cuire sur place alors que la soirée s'approche. Pestant contre moi-même, je continue, m'appuyant sur une branche trouvée pour ne pas trop peser sur ma cheville douloureuse. Cela fait des heures que je marche, pourtant je viens à peine de parvenir au pied de la montagne. Je suis loin d'arriver à la frontière à cette allure. Un vautour passe haut dans le ciel, me narguant au passage. Il doit sûrement penser que je crèverai dans pas longtemps et qu'il pourra se régaler de ma chair. Je deviens de plus en plus pessimiste quant à ma capacité à arriver dans mon pays, au fur et à mesure que je gravis la montagne. Mes jambes me brûlent sous l'effort fourni, j'ai déjà épuisé une bonne partie de ma réserve d'eau et je suis loin d'arriver au bout de mes peines. Trébuchant sur un caillou, je tombe à genoux sur le sol. Criant de rage, je tape du poing.

— Fais chier ! Je vais crever, si ça continue.

Mon écho retentit contre les parois rocheuses, une envolée d'oiseaux apeurés par la soudaine agitation des lieux, s'envole dans le ciel.

Désespérée, je reste assise de longues minutes. Je suis fatiguée, mes jambes me font mal et j'ai la tête prête à exploser. Je dois sûrement faire une insolation.

— Je ne peux pas m'arrêter, ce n'est pas le moment, dis-je tout haut pour me donner un peu de courage.

Me relevant péniblement, je continue de gravir cette fichue montagne. La nuit commence à tomber et je devrais me trouver un abri, le chemin est bien trop escarpé pour avancer dans le noir, je risquerais de tomber dans un ravin.

Je déambule toujours depuis une bonne heure, rageant de ne rien trouver quand je glisse sur un rocher, m'entraînant inexorablement vers le précipice.

Chapitre XIII

Alejandro

Quatre jours que je la cherche avec mes hommes. Comment a-t-elle pu s'échapper sans que personne ne le remarque ? Si je m'écoutais, je les ferais tous fouetter. Au plus j'y pense, au plus j'ai la nette impression que quelqu'un lui est venu en aide. J'avais interrogé tout le monde bien sûr, mais personne n'était capable de me donner une réponse. Je fulmine littéralement. Mia est inconsciente du danger qui l'entoure, elle ne connait pas la région, la rudesse du climat, les prédateurs qui rôdent à l'affût, sans compter d'éventuelles personnes qui pourraient lui vouloir du mal. À cheval, je sillonne la route, les poings crispés sur la bride. Mes hommes n'osent pas me parler, par peur de représailles. Seul Ramirez s'approche de moi, le visage soucieux.

— Monsieur Hernandez, est-ce bien raisonnable de continuer les recherches ? Après autant de temps, je doute qu'elle soit encore en vie.

— Je continuerai Ramirez, je la retrouverai, la ramènerai.

— Monsieur, vous n'êtes plus le même depuis qu'elle est là, vous oubliez que César n'attend qu'un faux pas de votre part pour accaparer notre business. Elle occupe bien trop d'importance dans votre vie.

L'idée de la perdre m'est insupportable, j'ai déjà perdu des êtres qui m'étaient chers et imaginer qu'elle puisse être morte m'est tout simplement intolérable. J'ai senti qu'elle m'appartenait dès que je l'ai vue monter sur cette putain d'estrade, fière et belle à la fois. Elle est à moi et rien ni personne ne pourra me l'enlever, même pas Dieu ! Je la retrouverai, l'enfermerai dans ma chambre, lui ferai regretter d'avoir osé me quitter ! Je ne comprends pas moi-même cette obsession pour elle. C'est viscéral, j'ai besoin de la sentir, de m'enfouir en elle au plus profond. Je n'ai jamais éprouvé ça pour mes partenaires, me contentant d'assouvir mes besoins. Alors qu'avec Mia, c'est différent, cette façon qu'elle a de me défier, son innocence, son regard sous la jouissance, tout m'attire inexorablement. Ramirez m'a prévenu qu'elle sera ma perte si je continue, qu'elle me fait dévier de mon chemin. Les affaires vont mal en ce moment, César a rencontré plusieurs de mes clients, cherchant à récupérer des parts de marché. Je l'avais déjà rencontré à plusieurs reprises, espérant trouver un moyen d'entente, mais le seul bien qu'il voulait marchander était Mia, et ça, il en était hors de question.

— Les chevaux sont fatigués, monsieur, on devrait s'arrêter un peu.

Il a raison, mais j'ai peur que si je ne continue pas, je risque de la perdre pour toujours.

— Allez-y, reposez-vous. Je vais continuer un peu.

— Mais monsieur, vous n'avez quasiment pas dormi depuis quatre jours ! s'inquiète Ramirez.

— Je vais me diriger vers la montagne, c'est la seule partie que nous n'avons pas explorée. Je doute qu'elle ait pris le risque de s'y aventurer, mais il faut que j'essaie.

— Faites attention, monsieur.

Accélérant le pas, je m'engage sur un chemin tortueux, la voie qui mène au sommet est étroite et dangereuse. Sautant du cheval, je le tiens fermement pour qu'il avance malgré sa peur évidente en longeant le ravin.

Le soleil touche au zénith, même si je suis habitué à la chaleur, je suffoque. Arrivé presque au point culminant, je m'arrête brusquement, entendant un cri. Prêt à repartir, un nouveau son me parvient, cette fois-ci plus fort. Reconnaissant sa voix, je hurle son prénom à pleins poumons. De suite elle me répond. Quand je comprends d'où vient sa voix, je prends peur. À quelques mètres de là, en contrebas, je distingue sa silhouette.

— Mia, tu vas bien ?

— Ça pourrait aller mieux, dit-elle la voix tremblante.

—Es-tu blessée ? demandé-je inquiet.

— Ma jambe, je ne peux plus marcher.

— Tu restes là, je pars chercher du renfort !

— J'aurais du mal à partir ailleurs, ceci dit.

Souriant à sa remarque, je me dis que finalement ça ne peut pas être si grave si elle réussit encore à être sarcastique.

Faisant demi-tour, il me faut une bonne heure pour retrouver les hommes. Sautant de cheval, je cours vers l'un d'eux lui arracher sa corde accrochée à la ceinture.

— J'ai besoin de deux hommes tout de suite. Je viens de retrouver Mia, mais elle est tombée au fond d'une ravine.

— Merde ! s'exclame Ramirez. Je viens avec vous.

Raphaël qui jusqu'à maintenant était resté silencieux, s'avance vers moi, le dos raide.

— Si vous le permettez, je me joins à vous.

— Bien sûr, Raph ! réponds-je en tapant sur son épaule. Je sais que je peux compter sur toi.

Gonflé à bloc, je prends l'un des chevaux qui s'est reposé et reprends le chemin inverse en compagnie de mes hommes.

— Comment va-t-elle ? demande Raphaël.

— Elle est blessée à la jambe. Il faut qu'on l'extirpe de là.

— Je vois. Et après, que comptez-vous faire avec elle ?

— Comment ça ?

— Et bien, elle s'est enfuie. Je suppose que vous voudrez la punir plus sévèrement ?

— Je ne sais pas Raph. Je veux juste la ramener pour le moment.

— Ne soyez pas trop dur avec elle, elle voulait juste retrouver les siens, dit-il inquiet.

Je sais tout ça, je l'ai lue cette maudite lettre. D'ailleurs, il faudra qu'elle s'explique sur certains points que je n'ai pas compris. Quand je repense au moment où je me suis réveillé pour réaliser qu'elle s'était enfuie, une vague de colère me submerge. Je m'étais relâché, lui avais permis de circuler librement, pensant qu'elle s'adapterait à sa nouvelle vie et réaliserait que son sort n'était finalement pas si pénible. Mais quand j'avais remarqué sa lettre laissée négligemment sur la table de chevet, j'étais tombé de haut.

Alejandro,

Quand tu découvriras cette lettre, j'espère que je serai déjà loin de toi. Peut-être as-tu pensé que je te laisserais me manipuler aussi facilement, mais sache qu'il est hors de question que je finisse en pâture à un homme tel que lui. Jamais je ne te pardonnerai d'avoir pu envisager de me vendre à lui ! Tu as peut-être eu mon corps et certainement une partie de mon cœur, mais aujourd'hui s'arrête notre aventure. Je rentre auprès des miens, ils m'attendent et me manquent.

Ne me recherche pas, trouve-toi une autre femme capable de supporter ton mode de vie.

Sans regret,

Mia

Je comprends aisément ses motivations, vouloir rentrer auprès des siens est compréhensible, par contre le reste est tout bonnement énigmatique. De quel homme peut-elle bien parler ? Je n'ai jamais envisagé de la vendre à qui que ce soit.

Arrivé sur les lieux, je saute du cheval et déroule la corde en l'appelant.

— Mia, tu m'entends ?

— Oui, crie-t-elle d'une voix plaintive.

— Je t'envoie une corde, tu t'enrouleras autour, tu comprends ?

— Oui.

Le son de sa voix est faible, j'ai peur qu'elle ait minimisé ses plaies et que ce soit plus grave que je ne le pense.

La corde en suspens, j'attends qu'elle me donne le signal. Voyant le temps tourner, je crie une nouvelle fois.

— Mia, tu t'en sors ?

— Je n'y arriverai pas, répond-elle des sanglots dans la voix. Je ne peux pas me tenir debout.

— Merde, il faut que je descende, dis-je à mes hommes.

— Monsieur, c'est dangereux, laissez-moi plutôt y aller ?

— Non, c'est une tâche qui m'incombe, c'est à moi de la ramener.

Déterminé, je m'enroule autour de la corde et l'accroche à un arbre avant de descendre lentement la paroi.

Arrivé à sa hauteur, je découvre une Mia, en pleurs, le visage éraflé, le pantalon déchiré.

— Je vais mourir, dit-elle en larmes.

— Non Mia, ça n'arrivera pas, tu comptes trop pour moi, réponds-je en lui tendant ma gourde.

Mia m'observe de ses grands yeux larmoyants, pleins d'interrogations avant d'en boire le contenu goulûment.

M'abaissant à sa hauteur, je soulève son pantalon. Sa cheville a gonflé et une vilaine entaille entame son tibia.

— Qu'est-ce qui t'a pris de t'enfuir comme ça ? Tu ne comprends pas que tu n'avais aucune chance d'arriver jusqu'à la frontière, dis-je avec colère, quand je vois l'ampleur des dégâts.

— C'est toi qui ne comprends pas, je devais essayer de retrouver les miens ! crie-t-elle en sanglots. Je ne peux pas finir comme ça.

La prenant contre moi, je la berce comme une enfant jusqu'à ce que ses larmes se tarissent. Je comprends aisément sa peine mais je ne peux pas me résoudre à la laisser, j'ai trop besoin d'elle et cela me fait peur. Quand enfin, elle se calme, je prends son visage entre mes mains après avoir retiré des cheveux collés sur ses joues.

— Je vais te ramener, Mia, et après on va avoir une discussion, nous avons des choses à éclaircir apparemment.

Hochant la tête, Mia s'accroche de toutes ses forces à mes bras pour se relever. Nous n'avons pas beaucoup d'espace pour manœuvrer, heureusement qu'elle n'est pas tombée plus bas, jamais je n'aurais pu la secourir autrement.

— Tu vas t'agripper à moi de toutes tes forces, tu m'as bien compris ?

— Oui.

La soulevant, Mia enroule ses jambes autour de mes hanches, le visage niché au creux de mon cou.

— J'aurais préféré cette position en d'autres circonstances, dis-je pour détendre l'atmosphère.

— Tu n'es qu'un sale pervers, répond-elle en gigotant.

— Non Mia, pas pervers, juste fou de ton corps.

Elle se contente de se blottir contre moi, je comprends qu'il n'est plus l'heure à la taquinerie.

— Ramirez, Raphaël, crié-je. Je remonte !

— Oui, chef, on va vous aider ! crient-ils.

Le poids de Mia entrave mes mouvements. Plusieurs fois, mon pied manque de glisser et de nous faire tomber. Quand enfin, nous parvenons à franchir le dernier mètre, je suis soulagé d'avoir réussi à la ramener.

La posant sur le sol, je m'empresse de sortir de la sacoche de quoi la sustenter. Ramirez, resté en retrait, s'approche de nous pour me chuchoter.

— Il ne faut pas qu'on traîne ici, la nuit va tomber et on risque de rester coincés.

Raphaël toujours distant, se contente de remonter sur sa monture. Pourtant je peux facilement lire sur son visage le soulagement qu'il ressent en la ramenant saine et sauve.

— Tu vas te hisser sur le cheval et je te ramènerai au camp.

Se contentant de hocher la tête, Mia se relève pour se diriger en boitillant vers la monture.

— Mia, je vais t'aider.

Ne lui laissant pas le temps de répondre, je la soulève pour qu'elle puisse se hisser plus aisément avant de monter derrière elle et de longer le chemin serpentueux vers notre camp.

— Tu n'aurais pas dû me fuir Mia, maintenant je vais devoir te punir pour cela. On aurait pu l'éviter !

La respiration en suspens, son corps se raidit contre moi.

Passant ma main sur sa cuisse, je remonte avant de me faufiler vers son entrejambe que je presse contre ma paume. Ses fesses plaquées contre mon sexe m'excitent comme jamais.

— Quand on rentrera, j'enfoncerai ma queue profondément en toi, je veux que tu comprennes à qui tu appartiens, je te ferais passer l'envie de me quitter, dis-je en grognant contre la peau de son cou.

Elle tressaille à mes paroles, pourtant inconsciemment son corps se rapproche du mien, réclamant mon attention. Mon désir pour elle est si fort, j'ai besoin de la posséder, de lui voler sa vie, que je sois son univers. Plus rien n'a d'importance quand elle est contre moi. Elle sera ma perte.

Chapitre XIV

Mia

Ma fuite a été un lamentable désastre. J'ai bien cru mourir au fond de ce ravin. Ces deux derniers jours, j'ai pleuré, crié, paniqué à l'idée d'être dévorée par des bêtes sauvages. S'il ne m'avait pas recherchée, jamais je ne m'en serais sortie. Je devrais lui en être reconnaissante et pourtant, la peur grandit à chaque minute qui passe depuis mon retour. J'ai peur des représailles, qu'il me punisse pour avoir tenté de lui échapper. Les gardes qui ont pris part à l'expédition me regardent d'un air mauvais. Raphaël, au coin du feu, semble plus inquiet, tandis que Ramirez, fidèle à lui-même, arbore toujours un air taciturne.

Alejandro ne m'a plus adressé la parole depuis notre arrivée, se contentant de me soigner la jambe en silence, et de donner des directives autour de lui. Si j'ai bien compris nous reprenons la route demain, et passerons la nuit dans ce camp de fortune. La jambe immobilisée, je mange un patate chaude cuite sur le feu. Jamais je n'aurais pensé que cela puisse être aussi bon, mais il faut quand même préciser qu'à part la collation qu'il m'a donnée tout à l'heure, je n'ai pas mangé depuis deux jours, mon sac étant tombé plus bas dans le ravin. Je pense que n'importe quelle nourriture paraîtrait appétissante vu les circonstances.

Je jure entre mes dents quand j'essaie de me déplacer, Alejandro s'approche de moi pour me soutenir.

— Qu'est-ce que tu fabriques, tu ne dois pas bouger.

— Je suis mal installée, grimacé-je. J'ai mal aux fesses.

D'un sourire en coin, Alejandro me soulève en dessous des bras pour m'aider à adopter une meilleure position. Quand enfin, je m'installe plus confortablement, Alejandro prend place à mon côté.

— Qui t'as aidée Mia ?

—Personne…Je l'ai fait seul.

Alejandro semble réfléchir, reste silencieux pendant quelques minutes avant de me regarder fixement, le visage soudain plus dur.

— Tu ne comprends pas Mia, cette personne que tu cherches à protéger savait très bien que tu ne t'en sortirais pas. La frontière est bien trop loin pour que tu puisses la rejoindre. Tu serais morte, si je ne t'avais pas trouvée à temps.

Je m'enferme dans un mutisme. Alejandro se lève brusquement et part rejoindre Raphaël. Je ne le revois pas de la soirée et m'endors d'épuisement sur le sol dur.

Le lendemain, je suis réveillée brusquement par Alejandro qui me tapote l'épaule.

— On y va Mia. Je vais t'aider à te mettre en selle, dit-il d'un ton bourru.

Tous ses hommes sont déjà prêts, Alejandro me soulève et me hisse sur la selle, avant de me rejoindre.

Nous trottinons depuis une bonne heure dans un silence de mort quand Alejandro se décide enfin à m'adresser la parole.

— Nous serons rentrés dans l'après-midi.

— Ensuite, tu m'enfermeras à nouveau, c'est ça ?

— C’est ce que tu veux Mia ? Que je t’enferme à jamais ?

— Non, soufflé-je.

— Tu penses que je suis un sadique, qui ne pense qu’à faire souffrir ?

— Je ne sais pas….

— Jamais je ne t’ai fait de mal, Mia.

— Pourtant vous comptez bien me vendre à cet individu !

— Qui ? Je n’ai jamais dit que je comptais te vendre.

— César, il m’a parlé le jour de votre entrevue.

— Je vois, et tu as pensé bêtement que je te laisserais entre ses pattes ?

— Et bien, c’est ce que j’ai compris.

— Tu me connais mal, Mia. Jamais je ne te vendrai à qui que ce soit. Tu es à moi, et ce qui est à moi, je le garde !

Ses paroles me soulagent autant qu’elles me font peur, Alejandro est un homme dominant, qui a l’habitude qu’on lui obéisse.

— Je sais qu’il te convoite, il ne s’en est pas caché, ajoute-t-il.

— Il me fait peur. Alejandro qu'est-ce que tu comptes faire de moi ? Que va-t-il m'arriver ?

Il faut que je sache à quoi m'attendre, même si je redoute la réponse.

— Je ne sais pas, Mia. Toi seule peux décider de la suite des événements…

Le reste de la journée, il se contente de me tendre à manger ou à boire, mais ne m'adresse plus la parole avant d'avoir la propriété en vue. Quand nous arrivons, Alejandro me porte jusque sa chambre où il me dépose délicatement sur le lit.

— Maintenant Mia, tu dois payer pour ta fuite, dit-il d'un ton dur.

— Je…

Avant de pouvoir ajouter autre chose, Alejandro monte sur le lit, et me retourne brusquement pour faire glisser mon pantalon en prenant soin de ne pas toucher ma cheville blessée.

— Sers les dents, Mia, tonne-t-il avant de m'asséner une gifle sur mes fesses.

La douleur est fulgurante, pourtant je ne laisse aucun son sortir de ma bouche.

— C'est de ta faute Mia, mais dis-toi que ce n'est rien comparé à ce que je réserve à la personne qui t'as aidée.

Les poings serrés sur les draps, j'encaisse sa punition, le maudissant intérieurement.

— Sale chien, crié-je, quand je le sens se relever. Tu me le payeras.

— Chien ?! Je suis sûr que tu peux faire mieux.

Ses yeux m'observent, brillants d'excitation.

— Tu prends ton pied à me faire mal ! réponds-je en tentant de m'éloigner.

— Non Mia, je n'y prends pas plaisir, mais ce qui me fait bander en ce moment, c'est de voir ton joli petit cul rebondir sous mes gifles !

Prise de cours, je le vois déboutonner son jean, je pousse un cri quand il m'écarte les jambes et s'enfonce en moi d'une seule poussée.

— Je vais te baiser, Mia, ça sera dur et fort, dit-il en me percutant de plein fouet.

Ses coups sont brutaux. D'une main, il m'encercle la nuque me plaquant contre le matelas, m'empêchant tout mouvement.

— Je te déteste, dis-je les larmes aux yeux, les poings crispés sur les draps, me sentant coupable de ressentir du désir à un moment pareil.

— Mais oui Mia, essaies de t'en convaincre ! Ton corps, lui, ne ment pas ! s'énerve-t-il entre deux assauts.

La tête enfouie dans l'oreiller, je l'entends se rhabiller et se diriger vers la porte.

— je vais appeler le médecin, sois prête dans une heure.

Ce n'est que quand j'entends la porte se refermer sur lui, que je laisse libre cours à mes larmes. Frappant du poing le matelas, je suis en colère contre moi-même : en colère d'être impuissante devant sa punition, plus qu'humiliante, en colère d'avoir éprouvé du plaisir.

Me relevant, je me dirige péniblement jusqu'à la salle de bains. La tête posée contre le carrelage, je laisse l'eau chaude détendre mes muscles endoloris.

Enroulée dans une serviette, je retourne dans la chambre et sursaute quand j'aperçois Nina devant le lit.

— Mia, je suis désolée que tu n'aies pas réussi. Tu vas bien ?

— Oui, ça aurait pu être pire, réponds-je avant de m'asseoir à son côté.

— Mia, j'espère que tu n'as pas dit que je t'ai aidée ?

— Bien sûr que non, jamais je ne te trahirai.

— Merci, dit-elle soulagée, Alejandro n'est pas du genre à pardonner à ceux qui le trahissent.

La mine soucieuse, elle prend une de mes mains dans les siennes qu'elle caresse d'un geste lent.

A ce moment-là, Alejandro entre dans la pièce. Nina surprise, se relève brusquement, évitant son regard avant de quitter la chambre d'un pas précipité.

Alejandro l'observe, intrigué, mais ne dit rien avant de venir me rejoindre, prenant ma cheville délicatement en mains.

— Tu ne comprendras pas toujours mon mode de fonctionnement Mia, dans mon monde si tu fais un faux pas, tu es mort. J'ai toujours vécu comme cela, entouré de violence. Je ne cherche pas à m'excuser pour ce que je t'ai fait, sache juste que je n'y ai pris aucun plaisir, tu dois me croire.

— Ma vie n'était pas comme ça, Alejandro. Mes parents m'aimaient, j'avais une vie calme, des amis, certes pas trépidante, mais c'était la vie que je souhaitais. Regarde où j'en suis ! Vendue, frappée, humiliée, que suis-je censée en penser ?

Le regard las, les traits fatigués, il semble en proie au doute.

— Le docteur arrivera dans une heure. Je te laisse seule pour l'instant, j'ai des choses à régler.

Quand le médecin m'ausculte, je suis soulagée d'apprendre que c'est une simple entorse. Trois semaines de repos et tout rentrera dans l'ordre.

En fin de soirée, je n'ai toujours pas revu Alejandro, seule Mama fait son entrée avec un plateau de victuailles qu'elle pose sur le lit.

— Tu nous en as causé des soucis, Mia ! Dit-elle en colère, les poings posés sur les hanches.

— Arrête un peu, tu devais être contente de te débarrasser de moi.

— Ce n'est pas le moment de plaisanter, tu n'imagines même pas dans quel état était Alejandro !

— C'est son amour propre qui en a pris un coup surtout, riposté-je.

Mama me regarde étrangement, puis s'assieds sur le bord du lit.

— Tu n'as pas compris, Mia. Je pense même que tu es la seule ici à ne pas avoir compris.

— Qu'est-ce que tu veux dire ?

— Alejandro est bien plus attaché à toi que tu ne le penses. Tu ne le connais pas comme nous qui savons comment il se comporte habituellement. Tu es peut-être rentrée dans sa vie d'une drôle de façon, que d'ailleurs j'ai eu du mal à accepter, mais Mia, tu comptes beaucoup pour lui.

— Tu te fais des idées. Je ne suis qu'une acquisition.

— C'est ce que tu penses, mais tu te trompes, répond-elle en se levant.

Arrivée sur le pas de la porte, elle se retourne, le visage inquiet.

— Mia, je devine aisément qui t'as aidée, sache juste qu'elle ne l'a pas fait pour ton bien, mais pour satisfaire son propre intérêt.

— Comment ça ?

— Elle est amoureuse d'Alejandro depuis si longtemps, je ne pense pas qu'elle voulait te faire du mal intentionnellement, juste te faire partir pour avoir une chance d'être moins invisible à ses yeux.

— Elle est amoureuse de lui ? Je ne savais pas.

— Alejandro la voit comme une petite sœur, il n'a jamais rien remarqué. Te voir à ses côtés, a dû la pousser à agir, mais Nina n'est pas une mauvaise fille, c'est pour cela que je ne divulguerai rien.

Une fois seule, je ressasse sans cesse ses paroles. Ce n'est que tard dans la nuit quand je suis à moitié endormie, que je sens son corps se blottir contre mon dos, prenant soin de ne pas toucher ma jambe blessée.

— Je suis désolée Mia, me souffle-t-il à l'oreille.

***

Quinze jours que je suis coincée maintenant. Je n'ai le droit de sortir que si Ramirez est présent. La nuit, Alejandro verrouille la porte de sa chambre. La journée, même en cuisine un garde fait le guet. La liberté qui m'avait été accordée avant mon escapade s'est envolée, même les balades nocturnes ne sont plus d'actualité. Alejandro n'est quasiment jamais là, prétextant des affaires à régler, mais je le soupçonne plutôt de vouloir m'éviter. Ce n'est qu'une fois la nuit tombée depuis longtemps, qu'il me rejoint dans le lit.

Un soir, alors que je suis couchée, j'entends s'élever sa voix dans le salon. Me levant précipitamment pour écouter derrière la porte, il crie en espagnol sur un de ses gardes. Frustrée de ne rien comprendre, je retourne me coucher. Quelques minutes plus tard, Alejandro me rejoint, se déshabille et se glisse sous les draps.

— Tout va bien ? demandé-je hésitante.

— Des problèmes internes, rien d'insurmontable.

Je le sens tendu contre moi, les problèmes doivent être plus graves qu'il ne le dit.

— J'ai remarqué que tu marchais correctement aujourd'hui ? ajoute-t-il.

— Oui, ça va beaucoup mieux.

— Très bien, demain il y a une soirée à laquelle je voudrais que tu m'accompagnes.

— Une soirée, je ne peux pas, réponds-je en me retournant. Je ne fais pas partie de ton monde.

— Mia, dit-il en me caressant la joue, réfléchis, je te laisse l'occasion de sortir, de rencontrer d'autres personnes, de voir ce que mon monde peut t'offrir de bon.

— Je ne sais pas Alejandro, réponds-je sérieusement. Ça me fait peur.

— Tu n'as pas à avoir peur, je serai avec toi, sois à mes côtés, pas comme une prisonnière mais comme ma partenaire.

— Ta partenaire ? Tu veux dire comme un vrai couple ? demandé-je étonnée.

— Oui Mia.

Alejandro m'observe tout en continuant de me caresser la joue, puis longe ma nuque avant d'exercer une pression pour me rapprocher de lui. Tendrement, il m'embrasse, d'abord déposant par touches légères des baisers sur mon front, mon nez, mes pommettes, avant de plaquer ses lèvres sur les miennes dans un baiser brûlant.

— Je ne veux pas te forcer à y aller, mais sache que ça me ferait réellement plaisir de t'avoir à mon bras, dit-il entre deux baisers.

Ses mains glissent le long de mon corps, effleurant mes seins puis mes hanches. Le désir monte en moi au fur et à mesure que ses caresses se précisent.

— C'est un gala de charité, l'argent est reversé aux familles pauvres du pays.

— Charité…dis-je plus pour moi-même, la tête embrumée par un désir de plus en plus puissant.

Sa main glisse vers mon entrejambe, titillant mon clitoris du pouce avant d'enfoncer un doigt puis deux en moi.

— Tu mouilles déjà, Mia, dit-il d'une voix rauque en mordillant un téton durci.

Gémissant, j'écarte les cuisses sous la pression de ses doigts.

— J'aime les sons que tu fais, dit-il en se relevant pour se positionner au-dessus de moi. Les doigts toujours en moi, il appuie sur un point sensible, me faisant soulever les hanches vers lui.

Les mains agrippées sur ses épaules, la tête rejetée en arrière, une tension intense monte, prête à me submerger. Ses yeux sont rivés aux miens, durs, brillants, évaluant chacune de mes réactions.

— Alejandro, gémis-je. Fais-moi jouir…

— A vos ordres, répond-il en en pinçant fortement mon clitoris.

Je pousse un cri sous l'orgasme qui me submerge. Alejandro m'embrasse, enroulant sa langue autour de la mienne avant de me relâcher et se rallonger à mon côté.

Le cœur battant encore à tout rompre, je me tourne vers lui.

— Alejandro, pourquoi tu ne me prends pas ? soufflé-je.

Les yeux fermés, il prend une grande inspiration avant de me répondre.

— Ce n'est pas que je n'en ai pas envie, bien au contraire.

— Alors pourquoi ?

— Mia, dit-il en ouvrant soudainement les yeux pour me regarder fixement. Tu ne comprends pas ?

— Non…

— J'essaie de te faire comprendre que tu comptes bien plus pour moi que tu ne le penses. Que tu n'es pas là pour mon simple plaisir.

— Oh… réponds-je en rougissant.

Ce n'est pas une déclaration d'amour, d'ailleurs je ne penses pas qu'il en soit capable, pourtant ses paroles me vont droit au cœur. En faisant passer mon plaisir avant le sien, il me fait comprendre qu'il tient à moi, que je ne suis pas juste sa prisonnière.

— Je t'accompagnerai, réponds-je en l'embrassant.

Le sourire aux lèvres, il répond à mon baiser avant de grogner de frustration et de me tourner le dos.

— Dors Mia, avant que je ne change d'avis.

Riant à sa remarque, j'enlace sa taille et pose le front contre son dos, avant de m'endormir, paisiblement.

Chapitre XV

Le lendemain, je passe la journée le sourire aux lèvres, je m'étais réveillée le matin dans ses bras, son souffle chaud me caressant la joue. Ensuite il avait promis d'être de retour avant dix-huit heures, s'excusant de ne pas être très présent ces derniers temps. Le cœur léger, je chantonne dans la cour, sirotant une boisson concoctée par Mama. Les hommes ont dû remarquer ma bonne humeur, parce que tous sourient sur mon passage. M'asseyant dans un rocking chair sous un palmier je ferme les yeux d'aise. Une brise légère me parvient, faisant virevolter mes cheveux.

Un raclement de gorge me fait sursauter, ouvrant les yeux, je découvre Raphaël, le visage dur.

— Le chef a appelé pour te prévenir qu'il arrivera un peu en retard.

— Oh, réponds-je un peu déçue.

Raphaël m'observe toujours, semble vouloir ajouter quelque chose puis finalement s'abstient avant de tourner les talons. A quelques pas de moi, il s'arrête, se retourne, puis me dit :

— Il t'a fait parvenir une boîte dans la chambre.

Trop contente, je n'attends pas la suite et me précipite dans la pièce. Ouvrant la porte à pleine volée, je découvre une jolie boîte venant d'une boutique de luxe. Sortant la robe protégée par une feuille de soie, je suis émerveillée : d'un beau bleu roi, pailletée, on dirait une robe de star, prête à défiler sur le tapis rouge. Excitée, je me presse sous la douche avant de me préparer. Laissant mes cheveux retomber en lourdes boucles sur mon dos, je contemple mon reflet dans le miroir. Je n'ai jamais porté une robe aussi belle. Le décolleté ainsi que la longue fente sur ma jambe révèlent une partie de mon corps. Je devrais être gênée de la porter, mais ce n'est pas le cas, je me sens séductrice, belle, prête pour affronter le monde entier.

Quand je sors de la pièce, je découvre Alejandro assis sur un fauteuil me contemplant comme jamais auparavant.

— Tu es magnifique Mia, cette robe est faite pour toi, dit-il d'une voix rauque.

— Tu ne devais pas arriver plus tard ?

— Déçue ou contente que je sois là ? me demande-t-il d'un sourire en coin sexy.

— Contente.

Le sourire aux lèvres et d'une démarche provocatrice, je m'avance lentement. Quand enfin, je me retrouve à moins d'un mètre de lui, je me penche en avant, dévoilant ma poitrine, simulant le geste de remettre sa cravate en place.

— Mia, tu joues un jeu dangereux.

— Je ne comprends pas ce que tu veux dire, dis-je cette fois-ci en caressant du bout du doigt sa mâchoire.

— Tu n’aurais pas dû, maintenant, c’est sûr, nous allons être en retard, grogne-t-il en glissant sa main sur ma nuque pour un baiser torride. Sa bouche me dévore, féroce.

Haletante, mon pouls accélère, jamais je ne l’ai autant désiré. Les mains tremblantes, j’ose retirer un à un chaque bouton de sa chemise pour dévoiler son torse musclé.

— Où est ma Mia innocente ? demande-t-il, d’un sourire taquin.

— Envolée, réponds-je de plus en plus excitée.

Approchant mes lèvres, je dépose de légers baisers sur son torse, caressant au passage ses abdominaux parfaitement dessinés.

— Cette nouvelle Mia me plaît aussi, mais si on pouvait passer aux choses sérieuses maintenant. Ma bite n’attend que toi.

Rougissante, je déboucle sa ceinture, pour prendre son sexe entre mes mains, les yeux toujours rivés aux siens. Les poings serrés sur les accoudoirs, la mâchoire crispée, il me laisse prendre les commandes.

— Vas-y Mia, enroule ta jolie bouche sur ma queue, grogne-t-il de frustration contenue au bout de plusieurs minutes.

Obéissante, je passe d'abord ma langue sur son gland avant d'en lécher la longueur. Alejandro râle de plaisir, le sexe tendu à l'extrême. M'enhardissant, je passe une main sur ses bourses pour les masser avant d'enrouler ma bouche sur son membre, dans un lent mouvement de va-et-vient.

— Putain Mia, râle-t-il en appuyant sur ma tête pour approfondir la caresse.

Excitée par ses réactions, je le prends goulûment avant de laisser une de mes mains descendre vers mon entrejambe pour me caresser le clitoris dans des mouvements circulaires.

— Oh non Mia, tu ne jouiras pas comme ça, dit-il en me relevant le menton. Relève-toi !

Un peu gênée, je me redresse et attends qu'il me donne des directives.

— Enlève ton string, dit-il avec férocité.

Prise de court par sa soudaine colère, je m'exécute, un peu inquiète. Voyant ma soudaine détresse, ses traits s'adoucissent avant d'ajouter :

— Viens Mia, monte-moi.

Hésitante, je passe mes jambes autour de lui, prenant son membre palpitant entre mes doigts avant de le guider vers l'entrée de mon sexe.

— C'est ça Mia, continue, prends le contrôle, dit-il les yeux brûlants de désir.

D'abord doucement, je laisse son sexe me pénétrer centimètre par centimètre avant de passer mes bras autour de sa nuque et d'accélérer la cadence. Les mains toujours agrippées aux accoudoirs, il me laisse mener la danse, les yeux fixés sur moi.

— Touche-moi, osé-je lui demander entre deux gémissements.

Alejandro ne se fait pas prier. Lâchant brusquement les accoudoirs, ses mains font glisser mon décolleté pour révéler ma poitrine qu'il s'empresse de lécher de sa langue chaude avant de me mordiller. Ses gestes sont précipités, sa barbe érafle ma peau au passage, ses doigts glissent vers mon entrejambe pour me caresser le clitoris. Me cambrant vers lui, les mains plaquées sur son torse en sueur, mes mouvements sont de plus en plus rapides. Mon regard intense rivé au sien, je me noie en lui.

— Alejandro, murmuré-je dans une déferlante de plaisir.

Son torse vibre sous mes doigts, ses mains glissent sous mes fesses pour me soulever et me pilonner brutalement, sauvagement, comme possédé. Je suffoque, seul le claquement humide de nos deux corps résonne à mes oreilles. Sous son rythme effréné, je gémis de plus belle, la tête rejetée en arrière, je crie son nom quand un orgasme dévastateur me terrasse, me laissant tremblante entre ses bras. Tout en continuant de me pilonner, ses yeux sombres me cherchent, me dévorent avant que son corps et ses muscles se raidissent dans un râle puissant. Le souffle coupé, je me laisse retomber lentement contre lui, respirant à pleins poumons son odeur grisante, chaleureuse et épicée.

— Tu es à moi, Mia, tu m'appartiens, pas parce que je t'ai achetée, mais parce que nous deux, putain, c'est une évidence, dit-il d'une voix grave et profonde.

Ses paroles font écho en moi, je sais qu'il dit vrai, mon corps et mon cœur lui appartiennent, je n'ai plus l'envie et le courage de lui résister.

— Tu vas m'achever, ma douce, continue-t-il.

Sa main caresse mon dos lentement, la respiration aussi saccadée que la mienne.

Chapitre XVI

Il fait nuit depuis longtemps lorsque nous arrivons devant l'immense demeure. Les flambeaux éclairant l'allée me rappellent de mauvais souvenirs. Paniquant un peu, je m'accroche au bras d'Alejandro, espérant vainement me calmer.

— N'aie pas peur, je suis là, dit-il d'un sourire compatissant.

Rassurée, je m'avance vers l'entrée, relevant la tête fièrement pour ne pas montrer mon désarroi face aux invités. Une centaine de personnes se trouve sur les lieux. Coupe de champagne en main, certains saluent Alejandro avant d'arborer de la surprise quand ils me voient à son bras. Les chuchotements ne tardent pas, ce qui ne semble pas gêner outre mesure Alejandro.

— Tu veux un verre, Mia ?

— S'il te plaît.

— Je ne serai pas long.

D'un sourire, il s'éloigne vers le buffet, me laissant seule un moment. Un peu nerveuse, je triture mes doigts, en regardant le sol par peur d'affronter les regards convergeant vers moi.

— Mademoiselle, je ne pense pas que nous ayons déjà fait connaissance ?

Relevant la tête vers l'inconnu qui m'aborde, je découvre un homme dans la soixantaine, les cheveux grisonnants, un air avenant.

— Mia, monsieur, réponds-je en souriant.

— Monsieur Fernandez, pour vous servir, répond-il en faisant une révérence.

Riant, il prend ma main dans la sienne pour y appuyer ses lèvres. Gênée, je sursaute quand je sens la main d'Alejandro se poser sur le bas de mon dos, je ne l'avais pas entendu revenir.

— Diego, comment allez-vous ? demande-t-il d'une voix tendue.

— Très bien, Al, répond-il avec un sourire sincère. Comment vont les affaires en ce moment ? Il me semble que certaines rumeurs se répandent en ce moment….

— Rien qui ne peut être géré. Mia, je te présente mon oncle, du côté de mon père.

— Enchantée, réponds-je embarrassée quand je comprends avoir devant moi une personne de sa famille.

Au fil de la discussion, je sens qu'Alejandro se tend. Posant ma main sur son avant-bras, je lui souris en levant mon verre à mes lèvres. Alejandro semble se détendre et me sourit avant de lever son verre à son tour.

— Je vais devoir vous laisser, j'aperçois un client au loin. J'ai été ravi de vous rencontrer Mia. Il faudra que vous veniez à la maison, un soir. Après tout c'est une première de voir Alejandro accompagné, je suis sûre que les vipères vont jaser, dit-il en s'éloignant déjà.

— Comment ça une première ?

Le dos raide, Alejandro ne répond pas, se contentant de boire son verre.

— Tu veux danser ? demande-t-il soudainement la voix enrouée.

— Pourquoi pas, réponds-je, étonnée devant sa gêne.

Alejandro se révèle un excellent danseur. Virevoltant dans ses bras, je passe un excellent moment. Quand la musique se fait plus lente, je passe mes bras autour de son cou, je laisse glisser une main dans les ondulations de ses cheveux avant de poser la tête sur son épaule.

— Mia, tu me rends fou, dit-il contre ma tempe.

Relevant la tête, je soutiens son regard plein de désir pour lui dire :

— j'ai envie de toi Alejandro…

— Putain, tu me tues, grogne-t-il avant de prendre mon visage en coupe et de poser ses lèvres sur les miennes dans un baiser plein de retenue.

J'aimerais tellement plus, mais le lieu ne s'y prête pas.

— Je vais te laisser quelques minutes, dis-je, le souffle court. J'ai besoin de reprendre mes esprits.

Les yeux rivés aux miens, je lis le doute qui l'envahit, il cherche à savoir si je ne mens pas, si je ne vais pas en profiter pour m'échapper une nouvelle fois.

— Alejandro, je suis là, je n'irai nulle part, dis-je pour le rassurer en posant une nouvelle fois mes lèvres sur les siennes.

— Je te fais confiance, répond-il finalement. Ne sois pas longue, ma douce. Les enchères vont bientôt commencer.

— Ok, tu n'auras même pas le temps de te rendre compte de mon absence, dis-je en m'éloignant vers les toilettes que j'avais repérées plus tôt.

Slalomant entre plusieurs couples, je quitte la piste de danse et me dirige vers le couloir menant aux vestiaires.

Posant mes mains sur le lavabo, je prends de grandes inspirations tout en fixant mon reflet dans le miroir. Je ne me reconnais plus, en à peine deux mois, ma vie a changé à jamais. Il y a encore quelque temps, tout ce à quoi je pensais, c'était m'enfuir d'ici. Alors que maintenant, je pourrais m'échapper et certainement demander de l'aide, pourtant je n'ai qu'une envie, retourner dans ses bras, sentir sa chaleur m'envelopper, lui laisser être l'homme de ma vie. Parce qu'il y a une chose dont je suis sûre, je ne sais ni quand ni comment, mais je suis irrémédiablement amoureuse.

La porte s'ouvre sur une dame dans la trentaine, les cheveux sombres, la peau dorée, celle-ci hausse un sourcil en me voyant puis s'approche du miroir en sortant un tube de rouge à lèvres de sa pochette.

— Vous accompagnez Hernandez, il me semble ?

— Oui, réponds-je soudain méfiante.

— Félicitations, je ne sais pas comment vous avez fait, mais c'est un exploit, Hernandez n'est pas du genre à s'afficher.

Ne sachant pas trop comment évaluer son commentaire, je me contente de passer mes mains sous l'eau pour me rafraîchir.

— Je comprends très bien votre attirance pour lui, il faut bien avouer qu'il sait y faire avec sa langue, dit-elle en souriant lorsqu'elle voit mon regard choqué.

— Je vois, encore une éconduite qui cherche à faire son intéressante ! réponds-je avec véhémence. Vous n'avez pas mieux à faire, parce qu'à part votre robe qui est classe, ce qui sort de votre bouche ne l'est absolument pas !

La bouche ouverte, elle manque de mettre son rouge à lèvres sur sa joue, ce qui me fait sourire à mon tour, contente de moi.

— Vous…vous êtes, oh…

Faisant demi-tour, elle sort d'un pas rapide en claquant la porte derrière elle. Passant la main dans mes cheveux, des images d'Alejandro avec cette femme me parviennent par flashs, une sourde douleur envahit ma poitrine, je n'ai encore jamais ressenti une telle jalousie. C'est plus fort que moi, j'aimerais lui enfoncer une lame dans le cœur, lui arracher les cheveux, faire en sorte de ne plus voir ces images danser derrière mes paupières closes.

La porte s'ouvre une nouvelle fois, je prends une grande inspiration, les mains crispées sur le lavabo, pensant avoir affaire une nouvelle fois à cette femme. Mais lorsque je vois qui entre, je prends peur, mon cœur manquant un battement.

— Hola, ça fait longtemps que l'on ne s'est pas vus ? me dit César, un sourire carnassier accroché à ses lèvres.

— Je…il faut que j'y aille, réponds-je la voix bredouillante.

Faisant un pas de côté, j'espère en rester là, mais César se tient devant la porte, m'empêchant de sortir.

— Après le mal que je me suis donné pour te voir, tu veux déjà me quitter ? On vient juste de se revoir. Je ne pensais pas qu'elle disait vrai, après tout, qui aurait pensé que le grand Alejandro s'afficherait publiquement avec toi, officialisant votre relation à la vue de notre société. Cette petite m'aura été utile, il faut bien l'avouer, continue-t-il en s'approchant tranquillement de moi.

Reculant, je me retrouve coincée contre la porte des toilettes. Prise de panique, je me retourne, prête à m'y enfermer. Mais César me saisit le bras et m'encercle la taille. Poussant un cri, je me débat comme une damnée. César pose sa main brutalement contre ma bouche, avant de me mordre l'oreille durement.

— ça fait tellement longtemps que j'attends de te posséder. Tu devais être à moi, mon jouet, je n'aime pas qu'il ait posé ses mains sur toi avant moi, mais ce n'est pas grave, je te le ferai oublier très vite, continue-t-il en passant sa main sous le fin tissu de ma robe pour malaxer mon sein méchamment.

— Non, laissez-moi partir, dis-je, désespérée quand il relâche la pression sur ma bouche.

— Mais on ne fait que commencer.

— Alejandro vous tuera, réponds-je en me débattant et en griffant ses mains au passage.

— Continue, j'aime ta résistance, elle me grise, dit-il en sortant un foulard de sa poche avant de me bâillonner.

Les mains retenues dans le dos, il plaque mon corps contre la porte des toilettes avant de passer sa main libre sous ma robe, remontant jusque mon string.

Impuissante, les larmes roulent sur mes joues. Tout ce que je peux espérer, c'est qu'Alejandro vienne à mon secours.

— Ne penses pas un seul instant qu'il viendra t'aider, dit-il comme s'il lisait dans mes pensées. J'ai envoyé quelqu'un l'occuper. Quand j'en aurai fini avec toi, ma belle, il ne voudra plus de toi, alors à ce moment-là, tu m'appartiendras entièrement, comme cela aurait dû l'être dès le début, dit-il en appuyant son sexe entre mes fesses.

Les mains toujours retenues, je serre les cuisses dans une vaine tentative de lui échapper, ce qui provoque son hilarité.

— J'aime quand c'est brutal, dit-il en écartant avec force ma jambe de la sienne.

— Non, gémis-je désespérée en sentant son sexe à l'entrée de mon anus.

— Putain, qu'est-ce que t'es serrée, grogne-t-il dans mon dos, alors qu'il s'enfonce d'une seule poussée.

La douleur est fulgurante, m'envoyant une décharge électrique dans ton mon corps. Je voudrais crier ma rage, mon désespoir.

— Oh moins, une chose est sûre, c'est qu'il ne t'a pas prise de ce côté-là, j'ai au moins la satisfaction d'être le premier, râle-t-il en pilonnant son sexe en moi.

La douleur est là, fulgurante, ne me laissant aucun répit. Une éternité se passe sans que je ne puisse rien faire. Je ferme les yeux, je laisse mon esprit partir loin d'ici, de cette brute, de ce monde cruel, sombrant dans une demi-inconscience.

Chapitre XVII

Alejandro

Je regarde ma montre en tapant du pied, commençant à regretter de lui avoir fait confiance. J'étais persuadé qu'elle n'aurait pas recommencé, mais tout laisse à croire qu'elle m'a fui une nouvelle fois. Et ce client, qui ne veut pas me laisser, cela fait déjà cinq minutes que j'essaie de me débarrasser de lui, mais il insiste toujours avec un nouveau détail sur notre prochaine transaction. Perdant patience, je cherche des yeux Ramirez, le trouvant au niveau de l'entrée, je lui fais signe de me rejoindre.

— Ecoutez monsieur, nous en reparlerons une prochaine fois, je n'ai pas vraiment le temps, voyez-vous ! dis-je énervé.

— Euh, d'accord ! Les yeux fuyants, il paraît nerveux, regardant autour de lui, comme s'il était inquiet.

Ne lui prêtant plus aucune attention, je m'éloigne pour discuter avec Ramirez sans être entendu.

— Ramirez, Mia a disparu, je pense qu'elle s'est encore enfuie !

— Chef, j'étais devant l'entrée, c'est impossible qu'elle soit passée devant moi sans que je m'en aperçoive.

Je dois bien admettre qu'il dit vrai. Ramirez est bien trop consciencieux pour la laisser lui filer entre les doigts. Mais alors, qu'est-ce qui lui prenait autant de temps ?

— Dis aux hommes de se tenir prêts malgré tout ! Quelque chose cloche dans cette histoire !

M'éloignant rapidement, la colère gronde dans ma poitrine, je ne comprends tout bonnement pas son attitude. Tout semblait bien se passer entre nous, alors pourquoi sa soudaine absence. Non vraiment, quelque chose m'échappe. Accélérant le pas, je pousse la porte des vestiaires pour femmes, et là, mon cœur défaille quand je découvre Mia, gisant sur le sol, inconsciente.

— Mia, crié-je en m'agenouillant près d'elle.

La panique me gagne quand je vois qu'elle ne répond pas.

— Mia, dis-moi qu'est-ce qui t'est arrivé ? demandé-je de plus en plus terrifié en voyant sa robe abîmée.

Mia papillonne des yeux, me regarde d'un air absent. Posant une main tremblante sur son flanc, je la sens tressaillir sous mes doigts.

— Alejandro, croasse-t-elle.

— Oui, Mia, je suis là, qui t'as fait du mal, ma douce ? Dis-le-moi.

De plus en plus anxieux en voyant son manque de réaction, je prends de plus en plus conscience de la situation en voyant une tache de sang sur sa robe. La relevant précautionneusement, ce que je découvre me stupéfie, quelqu'un a osé s'en prendre à elle ! Ma Mia, ma femme ! Tout mon être hurle vengeance.

— Mia, je t'en prie, reste avec moi, dis-je en voyant ses paupières se refermer.

Quand elle rouvre les yeux, des larmes coulent, finissant de m'achever.

— Parle-moi Mia, je t'en supplie !

— César, dit-elle tout bas, comme dans un murmure.

— Putain de merde, tempêté-je, je suis tellement désolée ma douce, ça n'aurait jamais dû arriver, mon dieu, qu'est-ce que j'ai fait ! Jamais je n'aurais dû te laisser seule, j'aurais dû savoir qu'il viendrait, hurlé-je comme un fou.

Ramirez, ainsi que trois autres hommes font leur entrée dans la pièce, comprenant rapidement ce qui se passe.

— Chef, j'attends vos ordres ! demande d'un ton dur Ramirez.

Retirant ma veste pour recouvrir son corps, je la prends dans mes bras, pour l'emmener loin d'ici.

— D'abord, on la ramène à la maison, ensuite on retrouve ce fils de pute, tu préviens les hommes, je veux que tout le monde soit prêt le plus rapidement possible !

— Oui, chef, tout de suite !

Passant devant la foule d'invités, Mia dans les bras, mes hommes mènent la danse, empêchant les curieux de voir ce qui se passe.

— Apelle le médecin, je me fous de ce qu'il fait ou s'il est occupé, je veux qu'il soit là dans la demi-heure ou je l'enverrai en enfer ! dis-je en grimpant dans la voiture, Mia retombant mollement dans mes bras.

— Ma douce, je te ramène à la maison, je te promets que je le retrouverai, il ne te fera plus de mal, dis-je en la berçant contre mon torse.

Le chemin est d'une lenteur insupportable, je hurle sur mes hommes d'aller plus vite, je ne supporte pas de voir Mia dans cet état. Arrivés devant la propriété, tous sont prêts, attendant mes ordres, même Mama en robe de nuit semble prête pour la guerre.

Le médecin quant à lui est déjà dans le salon, sacoche en main, le visage défait, s'attendant au pire.

— Doc, suivez-moi, dis-je d'une voix ferme en avançant vers notre chambre.

La posant délicatement sur le lit, je me retourne vers le médecin.

— Occupez-vous d'elle comme si c'était un membre de votre famille, comme si votre vie en dépendait ! me suis-je bien fait comprendre ?

— Oui, monsieur, répond-il en baissant la tête, visiblement paniqué à l'idée de me mettre en colère.

— je serai dans le salon ! annoncé-je avant de quitter la chambre.

M'avançant dans la salle, mes hommes sur le pied de guerre, armes en main, attendent mes directives.

— César a signé son arrêt de mort, dis-je d'une voix ferme, ce soir nous le traquerons, c'en est fini de lui ! est-ce bien clair ?

— Oui, chef, répondent-ils en chœur.

— Chef, puis-je demander si nous le tuons à vue ? demande Raph.

Faisant les cent pas dans la pièce, je m'arrête brusquement, réfléchissant à ce que je pourrais lui faire endurer.

— Non, ramenez-le-moi vivant, je n'en ai pas fini avec lui !

Tous se retirent rapidement, embarquant dans les véhicules blindés.

Comment avais-je pu être naïf au point de ne pas voir qu'il allait passer à l'action, j'aurais dû me douter qu'il s'en prendrait à elle directement. Il la voulait, me l'avait bien fait comprendre lors du dernier entretien que j'avais eu avec lui. Je l'avais sous-estimé, c'était de ma faute, jamais je ne pourrai me pardonner ce qui vient de se passer. J'aurais dû intervenir plus tôt, être plus vigilant, l'arrêter pendant qu'il en était encore temps, mais César est un cousin éloigné, j'avais eu des scrupules, je voulais lui faire entendre raison, tout cela est de ma faute !

— Monsieur, j'ai fini, dit le médecin en s'arrêtant à deux mètres de moi.

— Alors ? demandé-je inquiet d'entendre sa réponse.

— Elle a été violée, je suppose que vous le savez, j'ai dû l'anesthésier pour pouvoir la recoudre.

— La recoudre, oh non, mon Dieu, dis-je en comprenant ce qu'elle vient d'endurer.

— Elle s'en remettra, monsieur, par contre ce qui m'inquiète le plus, c'est qu'elle semble ne pas vouloir se reconnecter à la réalité.

— Qu'est-ce que je dois faire, Doc ? dis-je de plus en plus inquiet pour sa santé.

— Il lui faudra du temps, monsieur, c'est tout ce que je peux vous conseiller pour le moment. Je reviendrai dans deux jours, pour la suite des soins.

— OK, je ne vous raccompagne pas, vous connaissez le chemin.

— Oui, monsieur.

Me précipitant dans la chambre, je m'assieds à côté d'elle, passant ma main dans ses cheveux. Elle est si belle, endormie.

— Je m'en veux tellement, Mia. C'est de ma faute. Je pensais tout contrôler, je suis tellement désolé.

M'allongeant à son côté, je prends sa main délicatement entre les miennes, la pressant contre moi.

— Mon amour….

La porte s'ouvre sur Mama, inquiète.

— Mon fils, laisse-moi m'occuper d'elle, tu veux bien ?

— Je ne veux plus la quitter, Mama, regarde ce qui est arrivé en la laissant seule, dis-je accablé.

— Je sais mon fils, mais tu dois diriger tes hommes, tu ne peux pas rester comme ça, tu es le chef du clan, ils ont besoin de toi, César est loin d'être quelqu'un de facile à saisir !

— Tu as raison, laisse-moi juste cinq minutes, s'il te plaît ?

— D'accord mon fils, dit-elle avant de quitter la pièce.

— Ma douce Mia, je vais devoir partir, mais je reviendrai dès que je le peux. S'il te plaît, reviens parmi nous, ma belle, j'ai besoin de toi, chuchoté-je à son oreille.

N'ayant aucune réaction, j'embrasse sa tempe avant de me lever pour quitter la pièce, faisant place à Mama, puis finalement m'arrête pour la questionner.

— Je n'ai pas vu Nina en arrivant ?

— Non, elle a quitté la maison dans l'après-midi, elle n'est pas encore revenue.

— Mama, pourquoi j'ai l'impression que tu ne me dis pas tout ? demandé-je en voyant son air fuyant.

— Mon fils, j'ai peur qu'elle soit impliquée dans ce qui vient de lui arriver.

— Comment ça ?

— Et bien, je suis sûre que c'est elle qui a aidé Mia à s'enfuir, au lieu de m'assister comme elle le fait de coutume, elle semblait distraite, ailleurs, partant toujours dans la cour voir les gardes. Et aujourd'hui lorsqu'elle a su que vous partiez au Gala de charité, elle s'est en allée précipitamment.

— Pourquoi ferait-elle ça ? demandé-je intrigué.

— Alejandro, tu n'as jamais remarqué qu'elle était amoureuse de toi ? Mia était une menace, voilà tout.

Abasourdi par ses révélations, tout le puzzle se remet en place, les réactions de Nina quand elle la voyait à mon bras, sa crainte lorsqu'elle était revenue de sa fuite, oui maintenant je comprenais bien mieux.

— Putain, j'ai été un imbécile !

— Non, mon fils, c'est juste que tu la voyais comme un membre de ta famille.

— Suis-je censé savoir autre chose ? demandé-je une nouvelle fois.

— Non, je ne sais rien d'autre.

La quittant d'un pas pressé, je la laisse s'occuper de Mia et pars dans mon bureau passer plusieurs coups de fil. Il est temps de mettre les choses au clair !

Chapitre XVIII

Mia

Je ne sais pas exactement depuis combien de temps je suis couchée dans la chambre. Ma bouche est pâteuse et un terrible mal de crâne me fracasse le cerveau. Soulevant les paupières, j'aperçois Mama, assise sur une chaise en train de tricoter.

— Mama, croassé-je.

— Hum…oh, mais tu es réveillée, dit-elle en se levant précipitamment à mon chevet. Il était temps ! tu n'imagines pas le sang d'encre qu'on s'est fait à ton sujet !

— Ça fait combien de temps que je suis là ?

— Six jours Mia. Le docteur a dû te perfuser, pour pouvoir t'alimenter, dit-elle d'une voix triste. Mia, te rappelles-tu ce qui t'est arrivé ?

— Je...je me souviens vaguement être allée dans les toilettes et discuter avec une femme, après...je ...c'est le trou noir. Je ne comprends pas Mama, qu'est-ce qui se passe ? réponds-je de plus en plus paniquée.

— Ce n'est rien ma jolie, dit-elle en caressant ma main d'un geste machinal. Je vais te ramener un verre d'eau, tu veux bien ?

— Oui, merci.

Perdue, complètement dans le brouillard, je ferme les yeux, tentant de me rappeler ce qui a bien pu m'arriver. Rien ne vient, c'est le néant, seule la douleur encore bien présente me fait dire qu'il est arrivé quelque chose de grave.

Mama entre à nouveau, un verre en main puis me le tend avant de s'asseoir à mon côté.

— Alejandro rentrera sûrement tard. Mais je l'ai prévenu que tu étais réveillée.

— Mama, qu'est qui s'est passé ? demandé-je une nouvelle fois.

Les yeux embués, je vois bien qu'elle hésite à me raconter les faits.

— Mama, s'il te plaît ? J'ai besoin de savoir.

— Te souviens-tu de César ?

— César ? Qu'est-ce qu'il….

À ce moment-là, des flashs de la soirée viennent me percuter de plein fouet. César entrant dans la pièce, moi voulant le fuir, puis mon viol. Mon cœur cogne dans la poitrine, mes mains se mettent à trembler, je voudrais tout arrêter, mais tout me revient avec fracas.

— Mama, réponds-je en larmes, je…

— Viens-là, ma belle, dit-elle en m'étreignant. Je sais que c'est dur pour toi, jamais tu n'aurais dû vivre pareille horreur.

— Je veux qu'il meure, dis-je entre deux sanglots. Mama, je…je n'en peux plus…

— Ça va aller, tu vas t'en sortir, ma belle. Je suis là.

Je ne sais pas combien de temps nous restons comme cela, tout ce que je sais, c'est qu'à un moment mes larmes ont cessé de couler. Je suis là, couchée sur le flanc, la douleur encore bien trop forte quand le médecin vient me retirer la perfusion devenue inutile.

— Tu commences à bien cicatriser Mia. Dans quelques jours tu pourras te lever, dit-il en rangeant son matériel. Voyant que je ne réponds pas, il quitte la pièce sans rien ajouter.

Je reste allongée dans le noir pendant encore un long moment, les yeux grands ouverts quand Alejandro entre à son tour.

— Ma douce, Mama m'a prévenu que tu t'étais réveillée ? Comment te sens-tu ? Dit-il en s'approchant de moi les traits fatigués par un manque de sommeil.

— Comment veux-tu que je me sente ? Humiliée, souillée, c'est ça que tu veux entendre ? réponds-je avec colère.

— Mia, je suis tellement désolé, si seulement j'étais arrivé plus tôt.

Alejandro se penche pour m'embrasser mais je détourne le visage. Je ne veux pas être touchée, je veux juste qu'on me laisse tranquille.

— Mia, s'il te plaît, ne me rejette pas.

Je vois la peine dans ses yeux, mais je ne peux tout simplement pas.

— Je vais lui faire regretter ce qu'il t'a fait, Mia, je te le promets.

Lui tournant le dos, je ferme les yeux. Je ne veux plus parler, je veux oublier, juste oublier.

Il reste là sans rien dire pendant encore un moment avant de quitter la pièce d'un pas lourd.

***

Je me réveille en sursaut quand j'entends des voix hurler dans le couloir. Me levant précipitamment, j'entrouvre la porte, habillée d'une chemisette. Il fait encore nuit, seule une petite lumière éclaire faiblement le couloir. Je m'avance prudemment quand je remarque Alejandro, le visage dur, un pistolet en main.

— Alejandro ? dis-je en m'avançant vers lui. Que se passe-t-il ?

— On les tient. Mes hommes viennent de les ramener dans la cour.

— Comment ça les ? je ne comprends pas ?

— Mia retourne dans ta chambre, je vais régler le problème tout de suite. Tu n'auras plus jamais à t'inquiéter.

N'attendant pas, il quitte la pièce d'un pas déterminé vers l'extérieur. Je ne devrais pas, pourtant je le suis, le cœur cognant. J'ai peur de le voir et en même temps j'ai besoin de l'affronter.

La cour éclairée par des lanternes, je m'avance d'un pas lent vers les hommes en cercle. Je ne peux pas distinguer ce qu'il se passe, alors prenant mon courage à deux mains, je bouscule l'un d'entre eux pour m'approcher. Ce que je vois me stupéfait, non seulement César se trouve ligoté au sol, mais Nina aussi.

— Alejandro, je ne comprends pas ? Qu'est-ce que Nina fait ici ?

— Merde, Mia, je t'avais dit de rester à l'intérieur, dit-il en s'approchant de moi pour me prendre le bras de force.

— Non, Alejandro, je ne suis pas une petite chose fragile ! tempêté-je en le repoussant. Tu vas m'expliquer ce qu'il se passe ?!

Alejandro n'a pas le temps de rajouter quelque chose que le rire de César me parvient, me rappelant de mauvais souvenirs.

— Je t'ai manqué, dit-il, j'espère que tu as fait de beaux rêves, ces derniers jours. Parce que moi, en repensant à ton joli corps, j'en bande encore, dit-il dans un rire presque fou.

— Ferme-là ! crié-je. Tu vas crever, tu le sais ?

— Mia, interrompt Alejandro, s'il te plaît rentre.

— Explique-moi pourquoi Nina est là, d'abord !

Celle-ci, les yeux implorants, pleins de larmes, tremble comme une feuille.

Alejandro baisse les yeux, peu décidé à me répondre. Je sais qu'il fait cela pensant m'épargner plus de douleur, pourtant je dois savoir, je veux comprendre. César rit toujours, s'amusant de la situation.

— Tu n'as pas compris, Nina m'a aidé, elle m'a donné de précieuses informations, tant sur les affaires d'Alejandro, que sur toi. Normalement, je devais te récupérer dans les montagnes, mais Alejandro t'a retrouvé en premier. Enfin je ne regrette pas cette fabuleuse soirée, ton petit cul serré valait le coup que je me retrouve ici, dit-il d'un rire franc.

Je regarde tour à tour Alejandro puis Nina et comprends qu'il dit vrai. Nina m'a trahie de la plus vile manière.

— Pourquoi Nina, je ne comprends pas, je ne t'ai jamais fait de mal.

— Alejandro était à moi, moi seule, dit-elle en pleurs. Toi tu arrives, et hop, je deviens invisible.

Contrariée par ses dires, je m'abaisse à sa hauteur pour la regarder droit dans les yeux.

— Nina, même si je n'avais pas été là, jamais Alejandro ne t'aurait appartenu ! Il ne t'a jamais considéré comme une femme !

Me relevant, je regarde droit dans les yeux Alejandro, celui-ci m'observe avec admiration sans rien ajouter. D'un pas lent, je soutiens son regard et m'approche de lui.

— Mia, qu'est-ce que tu fais ?

— Ecarte-toi, réponds-je, c'est moi qui vais mettre fin à cette histoire, j'en ai besoin, dis-je en prenant son arme des mains.

Alejandro ne réagit pas, stupéfait par ma décision. Il a toujours considéré qu'il était de son devoir de me protéger, mais je ne suis pas faible, je suis une femme forte, déterminée, je sais très bien ce dont j'ai besoin, et ce que je veux en ce moment, c'est faire sauter sa tête.

L'arme braquée sur César, je suis calme, sereine, je sais ce que je fais. C'est une nécessité, je veux qu'il paye.

— Mia ne fait pas ça, je vais m'en occuper, tu n'as pas besoin d'avoir son sang sur les mains.

— J'en ai besoin, réponds-je simplement.

— Mia…

— Tu n'en es pas capable, rit César, appuyer sur la gâchette n'est pas si évident, contente-toi d'écarter les jambes, c'est ce que tu fais de mieux…

Je ne lui laisse pas le temps de finir sa phrase et appuie sur la détente. Son corps sans vie, tombe sur le sol, dans une mare de sang. Je reste là sans bouger, le pistolet toujours brandi.

— Mia, dit Alejandro en récupérant l'arme de mes mains. Rentre à la maison, ne reste pas ici, dit-il d'une voix douce pour m'apaiser.

— Je l'ai fait Alejandro, je l'ai tué, je ne suis pas une faible femme, je l'ai tué, réponds-je une larme à l'œil.

— Oui Mia, tu es forte, rentre à la maison, Mama va t'accompagner.

Posant ses mains sur mes épaules, il me conduit vers la maison. Comme une automate, je le laisse faire, j'ai fait ce qu'il fallait, je suis libre maintenant, il ne pourra plus jamais m'atteindre. Sur le pas de la porte, je regarde Mama s'approcher de moi et me prendre la main pour m'accompagner. Alejandro s'éloigne et j'avance silencieuse vers la chambre.

Arrivée devant la porte, je m'arrête un instant en entendant un nouveau coup de feu, Mama pousse un cri, mais moi je ne dis rien, me contentant d'aller m'allonger sur le lit.

— Tu peux me laisser, tout ira bien, dis-je à Mama. C'est terminé maintenant.

Chapitre XIX

Alejandro

— Chef, je peux vous parler ? me demande Raphaël en entrant dans mon bureau.

— Entre, installe-toi.

Assis dans mon fauteuil, j'attends qu'il prenne la parole.

— Je sais que vous vous en voulez et je comprends, mais vous ne pouvez plus patienter. Diego n'attendra pas longtemps pour prendre la place de

César, si vous le laissez faire, nous serons à sa merci, il aura le monopole de la région.

— Je sais tout ça, Raph, dis-je énervé.

Je sais qu'il a raison, j'ai laissé trop longtemps les affaires en suspens. Bien que j'apprécie mon oncle, je ne peux pas me résoudre à le laisser reprendre les affaires de César. L'enjeu est bien trop grand.

— Comment va Miguel ? lui demandé-je.

— Il est perdu, il vient de perdre sa cousine sous ses yeux.

— Je comprends qu'il m'en veuille, réponds-je en me levant pour regarder par la fenêtre.

— Il ne vous en veut pas, il aurait fait pareil, il faut juste lui laisser du temps. J'ai aperçu Mia dans la cour, elle semble aller mieux.

Un mois c'est passé depuis qu'elle l'a tué froidement. Depuis, elle n'a jamais plus reparlé de cette soirée. Je m'inquiète pour elle, je sais qu'elle est profondément blessée même si elle ne dit rien. Elle ne me parle quasiment pas, reste silencieuse une bonne partie de la journée, même Mama s'inquiète de la voir si calme. Je ne sais plus quoi faire pour revoir la Mia que je connaissais. Je ne sais même pas si un jour, elle s'en remettra.

— Je suis inquiet pour elle, j'ai peur qu'elle soit brisée à jamais.

— Il est peut-être temps de la laisser partir ?

— Hum… peut-être as-tu raison.

Bien longtemps après son départ, je réfléchis à ses paroles. Bien que cela me fasse mal d'y penser, je devrais laisser Mia partir, la laisser retrouver les siens. Mon monde n'est que noirceur, elle n'est pas faite pour ça.

Je la vois traverser la cour, le vent faisant voler ses cheveux blonds, elle est si belle. Je ne peux pas m'entêter à la garder, sa place n'est pas ici.

Chapitre XX

Mia

Sous la douche, je laisse l'eau couler plus que de raison en pensant à ces dernières semaines. Les cauchemars sont toujours présents, bien que plus espacés. J'entends encore son rire résonner dans ma tête, son sang se déverser sur l'asphalte. Je ne regrette absolument pas mon geste, cette ordure le méritait amplement. Alejandro se montre des plus patients, il me laisse du temps et je l'en remercie. Il ne m'a plus touchée depuis, il se contente de me serrer dans ses bras la nuit, me chuchotant des paroles rassurantes quand je me réveille en pleurs. Je vois bien qu'il attend que je me remette, mais est-ce que cela arrivera, je ne sais pas. J'ai l'impression de n'être plus la même. Lorsque je me regarde dans le miroir, je ne vois plus cette insouciance, cette innocence, je ne vois qu'une fille blessée par la vie, les yeux vides, le regard terne.

— Mia, dit Alejandro en entrant dans la salle de bains.

Sursautant au son de sa voix, je serre les bras sur ma poitrine pour me dissimuler à son regard. J'ai honte, je ne veux pas qu'il me regarde, après ce qui m'est arrivé.

— Je suis désolé, je ne voulais pas te faire peur, dit-il le regard triste. Je vais t'attendre dans la chambre, j'ai quelque chose à t'annoncer.

Sortant aussitôt, je coupe le robinet pour m'essuyer avant de passer une robe d'été.

Alejandro, assis à son bureau, les mains crispées sur les accoudoirs me regarde m'avancer vers lui.

— Qu'est-ce qu'il y a ? demandé-je un peu inquiète devant son air résolu.

— J'ai des affaires à régler aux États-Unis, je voudrais que tu m'accompagnes.

— Aux États-Unis, je ne comprends pas. Pourquoi maintenant ?

— J'ai laissé trop longtemps mes affaires en suspens, je dois rencontrer un gros client et tu vas m'accompagner, je pense que cela te fera le plus grand bien.

— Je n'ai pas de passeport, Alejandro.

— Ce n'est pas un problème, je m'occupe de tout. Sache qu'on part demain matin, prépare des affaires pour quelques jours seulement, répond-il en se levant pour quitter la pièce.

Je le regarde refermer la porte, le visage sombre. J'allais retourner chez moi, mon pays, ma patrie.

En pleine euphorie, je commence à remplir au hasard, la valise qu'il a laissée à ma disposition. Je n'en reviens pas qu'il me laisse l'accompagner. Je ne sais pas ce qu'il se passe, mais je me réjouis de ce voyage.

La valise remplie, je quitte la chambre pour rejoindre la cuisine. Arrivée près de la porte, j'entends la voix d'Alejandro s'adresser à Mama.

— C'est la meilleure chose à faire, je ne peux pas la laisser comme ça.

— Tu devrais simplement lui laisser du temps, Mia est plus forte que tu ne le penses.

— Ce n'est pas toi qui la vois pleurer la nuit. Je ne peux plus supporter cela, non, le mieux pour elle, c'est la laisser partir.

Abasourdie par ses paroles, je recule à pas de loup et retourne dans la chambre. Si Alejandro organise ce voyage, c'est pour me laisser partir, retrouver les miens. Les larmes roulent sur mes joues sans que je m'en rende compte. J'allais retrouver les miens dans peu de temps.

***

Dans l'avion, je regarde le Mexique aride s'éclipser pour laisser place à des paysages plus verdoyants. J'ai l'impression qu'une éternité s'est passée depuis mon départ. Le regard émerveillé par le décor qui se profile à l'horizon, j'ai l'impression d'être une jeune enfant découvrant le monde pour la première fois.

— Nous sommes bientôt arrivés, dit Alejandro à mon côté.

Il ne m'a pas adressé la parole depuis notre départ, je le devine tendu, sous son faux air décontracté.

— Oui, bientôt, réponds-je en posant ma main sur la sienne.

Alejandro me sourit d'un air crispé, puis reprend sa lecture comme si de rien été.

Arrivée sur le tarmac, je respire à pleins poumons l'air environnant, même l'odeur semble différente ici.

— Viens Mia, notre voiture nous attend.

D'un pas léger, je le suis jusqu'à la voiture qui nous emmène vers un hôtel réputé du centre-ville de

Nashville. Je reconnais les rues, tant de fois empruntées, les boutiques, une librairie où j’avais l’habitude de flâner.

Le sourire aux lèvres, je me tourne vers Alejandro et m’approche de lui pour lui embrasser la joue.

— Merci, dis-je simplement.

Alejandro me sourit, mais n’ajoutc ricn.

Arrivés dans notre hôtel, je dépose mes affaires, complètement excitée. Alejandro quant à lui, s’enferme dans le bureau de la suite pour passer des coups de fil. Après m’être abrutie une bonne heure à regarder des émissions débiles sur l’immense écran du salon, Alejandro se décide enfin à sortir de son antre.

— Mia, je vais être occupé cette après-midi. Mica, le chauffeur t’emmènera où tu le souhaites. Je te laisse quartier libre.

— Alejandro, dis-je en me levant pour le rejoindre. Jamais je ne pourrai assez te remercier pour ce que tu fais pour moi.

Me mettant sur la pointe des pieds, j'embrasse ses lèvres pour la dernière fois. Mon cœur se serre à l'idée de le quitter, jamais je ne pourrai l'oublier. Les moments passés en sa compagnie, les bons comme les mauvais seront à jamais gravés dans ma mémoire.

— Dépêche-toi d'y aller, le chauffeur t'attend, répond-il durement, avant de s'enfermer de nouveau.

Le cœur battant, je prends mon sac à main et me retourne une dernière fois vers la porte.

— Jamais je ne t'oublierai, dis-je tout bas.

Fermant la porte de l'entrée, je suis le chauffeur jusqu'à la voiture, le cœur lourd.

— Où voulez-vous que je vous emmène, madame Hernandez ? dit-il en m'ouvrant la portière.

— Inglewood, riverside, numéro 2115, s'il vous plaît.

— Comme il vous plaira, madame.

Le trajet jusqu'à mon quartier est le plus long de mon existence. Quand j'arrive dans la rue où j'ai grandi, une peur soudaine m'envahit. J'ai peur de les revoir, peur qu'ils découvrent que je ne suis plus la même.

— S'il vous plaît, pouvez-vous vous arrêter ici ? dis-je en approchant de la maison.

— Bien madame.

De là où je suis, je vois parfaitement la maison de mon enfance, étrangement je ne m'y sens plus à ma place, je pensais être heureuse de revenir, pourtant à l'instant, je ne veux que fuir et retourner dans les bras d'Alejandro.

— Voulez-vous attendre encore, où désirez-vous aller ailleurs, madame ?

— Non, attendons encore un peu.

Cela fait trois heures que je suis dans la voiture, n'osant pas sortir, une boule au ventre me comprime l'estomac. Quand je vois mon père sortir de la maison, une poubelle en mains, mon cœur fait un bond dans la poitrine. Oppressée, une larme coule le long de ma joue, j'aimerai sortir de cette voiture, lui sauter dans les bras, pourtant je ne peux pas, je ne peux plus. Je ne fais plus partie de leur vie, ma vie est ailleurs, aux côtés d'Alejandro.

— Retournons à l'hôtel, dis-je d'une voix ferme et déterminée.

— Bien, Madame.

Le véhicule roule lentement devant la maison, je regarde mon père discuter avec le voisin en souriant, ma mère au loin, fait un signe de main et pars les rejoindre. Ils ne savent pas que je suis là, les vitres teintées me cachent, pourtant je m'enfonce dans le siège par crainte d'être vue, les larmes coulent à flots, c'est un adieu, jamais je ne reviendrai.

Quand le chauffeur me reconduit jusqu'à l'hôtel, je ne sais plus à quoi m'attendre, est-ce qu'il sera heureux de me voir, est-ce qu'au fond il veut se débarrasser de moi, j'ai peur de sa réaction en me voyant revenir, les doutes m'assaillent.

Doucement j'appuie sur la poignée, il n'a pas verrouillé la porte, ce qui n'est pas dans ses habitudes. Les gonds grincent légèrement quand j'entre dans la suite. Les rideaux tirés, la pièce n'est que partiellement éclairée. Alejandro, assis dans un fauteuil, une bouteille de whisky en main, me regarde comme si j'étais une chimère.

— Pourquoi viens-tu me tourmenter ! dit-il en buvant directement au goulot. Je sais très bien que tu n'es pas là, ce n'est que mon imagination qui me joue des tours.

— Alejandro, c'est moi, je suis là, dis-je en approchant.

— Non, ce n'est possible, tu es partie retrouver ta famille, tu n'es pas là, dit-il les yeux soudainement embués.

— Alejandro, regarde-moi dis-je en relevant son menton. C'est moi, je suis revenue.

— Ce n'est pas possible.

Lui qui semble si sûr de lui d'habitude, me regarde avec incertitude. Jamais je ne l'ai vu aussi dévasté.

— Alejandro, je ne te remercierai jamais assez pour ce que tu as fait pour moi. Mais tu es ma nouvelle famille, c'est de toi dont j'ai besoin, seulement toi.

— Mia, dit-il en se levant soudainement pour prendre mon visage en coupe, c'est bien toi, je ne rêve pas ?

— Oui, Alejandro, c'est bien moi. Jamais je ne te quitterai, tu devras me supporter pendant encore très longtemps, réponds-je en lui souriant.

— Tu es sûre de toi ? Je sais que mon monde est dur et que c'est difficile après ce qui vient de t'arriver.

— Oui, ton monde est dur, je ne vais pas le nier, mais Alejandro, il en faudra plus pour m'abattre, dis-je en tirant sur sa cravate et ôtant les premiers boutons de sa chemise. Je suis bien plus forte que tu ne le penses, tout ce dont j'ai besoin, c'est toi…

— Mia…tu me rends fou, répond-il en m'embrassant comme si sa vie en dépendait.

Épilogue

Plusieurs mois se sont passés depuis, au début Alejandro insistait pour que je prenne contact avec mes parents pour leur signaler que j'allais bien, mais je ne pouvais pas, ils avaient fait leur deuil. Ils me croyaient morte depuis longtemps, j'avais appris par le journal local qu'ils avaient découvert un corps non loin de mon hôtel, les autorités avaient conclu à un crime crapuleux. Mon sac s'était retrouvé sur les lieux et comme la personne avait le même genre de profil que le mien, ils avaient vite conclu l'affaire. Je ne pouvais pas les contacter une nouvelle fois, leur faire part de ma nouvelle vie, sans mettre en danger Alejandro. Je ne voulais pas leur faire de la peine une nouvelle fois, en sachant que je ne reviendrai jamais. Ma vie était ici, à ses côtés.

— Viens, jolie poupée, dit-il en m'enlaçant la taille.

— Alejandro, il est encore tôt, dis-je en riant lorsqu'il me mordille la nuque.

— Justement, on a encore pas mal de temps avant que Mama arrive pour mettre son grain de sel.

— Tu exagères, dis-je faussement choquée. Mama est comme une deuxième mère pour moi. Jamais je ne m'en sortirais sans elle.

Alejandro caresse mon ventre légèrement enflé. Dans quelque temps, je mettrai son fils au monde, enfin peut-être une fille, mais il a l'air si persuadé que j'attends un fils que je n'ose pas le contredire.

— Comment va mon bonhomme aujourd'hui ?

— Très bien, il commence à donner des coups, si tu veux tout savoir.

— Hum, un vrai dur, comme moi, dit-il avant de déposer des baisers sur mon ventre.

— Pour un mafieux, je te trouve un tantinet sentimental, ris-je.

— Chut, cela doit rester entre nous, autrement ma réputation dans le milieu va descendre en flèche.

Cet homme a été ma plus belle rencontre, jamais je n'aurais pensé trouver l'amour dans ses bras, pour rien au monde, je ne voudrais changer de vie, ma place est ici, à ses côtés.

— Je t'aime Alejandro.

Les yeux brillants, il me regarde comme si j'étais la septième merveille du monde.

— Tu es ma vie, répond-il.

Jamais il ne me dit qu'il m'aime, pourtant je le vois chaque jour dans ses yeux, chaque regard qu'il pose sur moi, chaque intention qu'il me porte me prouve son amour.

— Pour toujours, mon amour.

— Pour toujours.

Fin

Printed in Great Britain
by Amazon

47537020R00154